在一个乌贼墨般漆黑的世界里

一个土耳其人和一个亚美尼亚人

仍然可以是兄弟

地中海东岸诸港

[法] 阿敏·马卢夫 / 著　牛振宇 / 译

民主与建设出版社
·北京·

目 录

序 曲

这个故事不属于我，它讲述的是另一个人的一生。并且是用他本人的语言，我只是在他的表述有些条理不清或是结构混乱时稍加调整。这是他认为的真相，是与其他所有真相同样有价值的真相。

他会不会偶尔也对我说了谎？我不知道。万一有，那也一定不是关于她，关于这个他爱的女人，关于他们的见面，他们的迷失，他们的信仰和希望的幻灭。我有证据证明这一点。但是，对于他人生中每一阶段的动机，对于他太不寻常的家庭，对于他的理智如此奇怪如潮水般的时起时落——我想说的是从疯狂到理性，从理性到疯狂之间不停地涌动——很可能他没有告诉我全部。不过，我相信他并没有恶意。那是因为他对自己的记忆，以及自己的判断并不十分确定，我也很赞同这一点。他始终是出于好心。

我是在巴黎遇到他的，那是 1976 年 6 月，在一节地铁车厢里，纯属偶然。我还记得自己当时嘟囔了一句："是他！"不需要几秒钟，我就能把他认出来。

在那以前，我从来没有见过他，也没有听过他的名字。我只是几年前在书上看到过一张他的照片。他并不是一个著名人物。好吧，从某种意义上来说他是有名的，因为他的照片出现在我的历史课本里。当然并不是一幅下面注释着名字的伟人肖像。照片里是聚在码头上的一群人，背景是一艘大型邮轮，几乎占据了整幅画面，只留下一小块天空。文字介绍说，第二次世界大战期间，很多旧世界的人到欧洲参战，加入法国抵抗运动，他们回国后受到英雄般的欢迎。

事实上，在码头的人群中间，出现了一个令人着迷的年轻男人的脑袋。他头发明亮，皮肤光滑，带着点孩子气，脖子歪向一边，就像刚刚被戴上花环。

对着这个画面，我不知道盯了多久！在学校里，我们连续四年都使用同一个历史课本，每年学习其中的一段：首先是荣耀的古代，从腓尼基人的城市到亚历山大大帝的征服；之后是罗马人，拜占庭人，阿拉伯人，十字军，马穆鲁克人；接下来是奥斯曼人四个世纪的统治；最后是两次世界大战，法国人的托管，独立……对于我来说，我是完全没有耐心等待正常的教学进度的。我对历史充满热情。最开始的几个星期，我就已经浏览过了整本书，随后不知疲倦地读了一遍又一遍，书页被折，被弄皱，缺了角，加了很多注解和评论，包括乱写乱画的、笔记还有感叹词。到最后，这本书成了一团可怜的废纸。

这些只是为了说明我确实把盯着这幅画面当成了一种乐趣，并且记住了其中的所有细节。究竟是什么令我如此着迷？或许在这个差不多是我巴掌大的长方形画面里，有我在那个年纪所梦想的一切：海上旅行，冒险，献身，荣耀，最重要的可能是那些对胜利而归的英雄充满仰慕的年轻女孩们。

现在，英雄就在这里。在我面前，在巴黎，站在地铁里，抓着一根金属杆，被一群不认识的人挤在当中，默默无闻。但永远是这个着迷的眼神，老男孩般光滑的皮肤，一头明亮的头发（今天已经变白，昨天或许还是金黄），永远是这个歪向一边的脖子，我怎么能认不出来？

当他在志愿兵站下了车时，我跟上了他。那一天，我本来要赴另外的约会，但是我做出了选择：原本要见的那个人，可以下午或是明天再联系；而他，如果失去了他的踪迹，那我确信再也见不到他了，永远。

一走到大街上，他就停在了街区的地图前面。他先是向前靠近，鼻子都快碰到地图上了，然后向后退，像是在寻找最佳的距离。这是我的机会，我走到他跟前。

"也许我可以帮帮您……"

我说话时带着旧世界的口音，他从几个词就听了出来，并给了我一个友好的微笑，但随之而来的却是十分的惊讶。我从中看出了一种不信任，并且我觉得自己没有看错。不信任，是的，甚至是一种难堪的恐惧。这是一个男人觉得自己被人跟踪后的反应，但是他又不能完全确定，而且他不想没理由地发脾气，或者显得自己很失礼。

"我正在找，"他说，"一条应该就在这附近的街道。街道的名字叫于贝尔·于格。"

我立刻给他指了出来。

"就在这儿。他们只写了 H·于格，写得那么不清楚……"

"谢谢你的好意！谢谢你指责地图的作者，而没有说我老眼昏花！"

他说话的语调轻柔又缓慢，好像每个词在说出口之前，都要先掸掉上面的灰尘。他的句子总是正确而讲究，没有省略和缩合，没有常见的表达法；有时甚至完全相反，显得古老而又过时，好像他更多的时候是和书本对话，而不是和他的同类。

"过去，我都是靠本能指引自己，根本就不看地图的。"

"那条街不远，我可以带你去，我对这一带很熟悉。"

他请求我不要这么做，但只是单纯地出于礼貌而已。我坚持带他去，三分钟之后，我们就到了。他停在街角，眼睛缓缓地巡视了一圈，然后带着点轻蔑的口气说道：

"这是一条小路。一条特别小的路。但是说到底，这还是一条路。"

这种评论极度的平淡无奇，让他在我眼中显得有些古怪。

"您在找哪个门牌号？"

我本来想把他拉回到正确的方向来，但是没能成功。

"没有什么特别的门牌号。我只是来看看这条路。我要走上去，然后从对面的人行道再走下来。我不想再耽搁您的时间，您肯定还有别的事要忙。感谢您之前的陪伴！"

走到这一步，我可不想就这么离开，我需要搞清楚这些事。这个人举止的怪异并没有让我的好奇心减少半分。我决定忽略他最后的几句话，就像那不过是另外几句客气话而已。

"您在这条路上一定有什么回忆！"

"不。我从来没有来过这里。"

我们又肩并肩走在了一起。我不时地瞥一眼观察他，而他，总是抬着头，欣赏街边的建筑。

"少女柱。坚固又稳定的艺术。一条漂亮的富人区街道。有一点窄……底层的房子应该比较暗。可能除了那边，靠着大路的那边。"

"您是建筑师！"

我的话突然冒出来，就像回答一个猜谜游戏一样。只不过，为了不显得跟他太熟，我的语气中带着一点刚刚好的疑问而已。

"根本不是。"

我们已经到了街道的尽头。他突然停下来，然后抬起头，看看蓝色和白色牌子上写的是什么。接着又低下头，陷入了沉思。原本垂下的手臂，很快就伸向前方，手指很奇怪地交叉着，像是捧着一顶想象出来的帽子。

我站到了他身后。

于贝尔·于格路

抵抗者

1919—1944

等他回过神，转过身时，我才带着一些不好意思问道，语气就像是在葬礼上低声嘀咕似的：

"您认识他？"

他用同样的语气悄悄回答：

"他的名字对我没有任何意义。"

他没有理会我的困惑，而是从口袋中拿出一个笔记本，在上面简单记下几句话。随后对我说：

"人们告诉我，在巴黎有三十九条小路、大街，还有广场是以抵抗者的名字命名的。我已经参观过了二十一个，在这之前，还剩下十七个，或者说十六个，如果不算戴高乐广场的话，我以前曾经去过那里，当时还叫'星形广场'……"

"那您打算参观所有的？"

"四天，我的时间充裕的很。"

为什么是四天？我只能找到一种解释：

"之后，您要回国了？"

"我想不会……"

突然，他像是完全沉浸在了自己的思考中，离我很远，离这条于贝尔·于格路也很远。难道我不该提起他的国家，以及回国？但也可能是提到的"四天"让他陷入了沉思。

我不可能在他的灵魂中更进一步，所以我决定还是岔开话题。

"所以您并不认识于贝尔·于格。但是您对抵抗运动这么感兴趣，肯定也不是出于偶然……"

他反应了一会儿才做出回答——他需要点时间才回过神来。

"您刚才说？"

我需要重复一遍我的观点了。

"确实是。战争期间我来到法国求学，认识了一些抵抗者。"

我差点就说出了历史课本里的那张照片……但我及时制止了这个想法。否则他可能认为我是故意跟踪他的。他甚至可能认为我在监视他，可能都好几天了，并且我可能在谋划什么卑鄙的事……不，最好装作什么都不知道。

"在那些年里，您肯定失去了一些朋友。"

"事实上，是有一些。"

"您本人呢？您没有拿起武器？"

"没有。"

"您选择全身心地投入学业……"

"并不完全是……我本人也是秘密活动者。就像所有人一样。"

"当时，也并不是所有人都在游击队里。在我看来，您太谦虚了。"

我本来以为他会争辩，但是他什么都没说。于是我又重复了一遍："在我看来，您真的是太谦虚了！"带着十分开心的语气，好像这是一个结论，而不是一个询问。这也是我作为一个记者的小伎俩，并且总会奏效，因为他的话突然变得多起来。他的语速仍然是那么慢，但并没有影响他说话时的热情。

"我跟您说的都是事实！我当时从事一些秘密活动，就像其他成千上万的人一样。我既不是最年轻的，也不是最年长的；既不是最胆小的，也不是最英勇的。我也没做出过任何值得纪念的事……"

通过一些优雅的词汇和动作，他成功地表达了自己的气愤，但是并没有对我这个如此固执的对话者有任何的敌意。

"您当时学的是什么？"

"医学。"

"我想，在战后您又重拾学业了吧？"

"没有。"

这个"没有"也太生硬了。我冲击到了他身上的某些东西。他又陷入了思考，然后才对我说：

"您肯定还有很多事要做。我不想再耽误您……"

他很礼貌地想把我打发走，我一定是触到了一个痛点，但是我十分坚持。

"三年以来，我对这段时期的历史十分痴迷，战争，抵抗运动……我已经啃过几十本关于这个主题的书籍了。要怎么跟您解释，能和一个经历过这一切的人像这样聊一聊，对我来说意味着什么啊！"

我没撒谎。从他的目光中我能看出，他的迟疑有了一定的缓解。

"您知道么，"他说，"我就像一条被堵塞了太久的河流。一旦被打开一个缺口，我就不会闭嘴了。尤其是接下来的这些天我并没有什么事好做……"

"除了清点剩下的十六还是十七条街道……"

他笑了起来。

"这些，只不过是为了让我这几天更充实一点，等着……"

我又一次想问他究竟在等什么。但是我也害怕他再次陷进自己的思考里，真的。看起来，向他提议到隔壁街上的咖啡馆里坐坐才是明智的选择。

我们在露台上坐好，眼前摆上了两杯蒙着水汽的啤酒，我又回到了正题。关于他中断的学业。

"解放日之后的第二天，我就像喝醉了一样。我需要一段时间让自己清醒。太长的时间。随后，我就再也没有心思继续学业了。"

"那您的父母呢？他们没有坚持？"

"是我想当医生的。我的父亲一直都对我另有安排，他更希望……"

他停顿了一下。可能这是最后一次犹豫吧，因为他盯了我很长时间，好像要把我看透了，才肯说出那些话。

"我的父亲希望我成为革命的伟大领袖。"

我实在没办法阻止自己笑出来。

"是的，我知道，在普通的家庭里，父亲会坚持让儿子学医，儿子却想去闹革命。但是我的家庭并不能被归在这些'普通家庭'

里……"

"如果我理解的没错，您的父亲肯定第一时间就投身到了革命中。"

"无疑就像他自己标榜的那样，但我们还是称为精神上的反抗吧。他的脾气一点都不坏，这一点先记好。甚至，还很乐观、随和，但是内心却十分反抗。"

"反抗什么？"

"反抗一切！法律、宗教、传统、金钱、政治、学校……要一一列举的话简直太多了。反抗一切改变的，反抗一切不变的。反抗'愚蠢和没品位以及生锈的大脑'，他这么说。他所梦想的是世界的巨变。"

"是什么让他有这样的态度？"

"很难讲。但是在他的早年间，确实有一些因素，可能会加剧他的怨恨。"

"我想他是来自底层的人吧……"

"你想说的是穷人？这一点，你可是错了，我年轻的朋友，你可是完完全全的错了。我们的家庭……"

说到这些，他低下了头，好像这让他羞愧。但我觉得他更多的是想掩饰自己的骄傲。

是的，今天再想起这些，我已经很确信，当他跟我说这些时，他正是对自己的骄傲感到羞愧：

"我来自一个统治了东方很多年的家庭。"

那一天，我们聊啊聊，一直到聊到深夜。先是在咖啡馆；随后在灯火通明的城市里散步；最后到了晚上，则是坐在一个啤酒馆里，在巴士底广场。

究竟是从哪一刻开始，我决定让他讲述自己的一生，完全从生命的一端到另一端？看起来，从我们最初的几句话算起，当他轻描淡写，甚至还略带歉意地提起我认为很重大的事件时，我就已经为他的这种谈话方式所折服了。他身上这种天然的谦逊让我觉得他特别随和。还有他每次微笑时流露出的虚弱，他那寻求我的赞同，并对我极偶尔显露出的厌倦感到不安的眼神。以及他不停挥舞，不停摆动，有时交叉在一起的，纤细光滑，一看就没有干过重活，并且不知道如何替他服务的双手。

如果要讲一讲我如何争取到他的同意，那一定是枯燥乏味的。枯燥乏味，并且是骗人的，因为今天我已经知道，他同意我设这个局，其中的原因与我的理由和技巧完全无关。

我是这样认为的：这件他必须等待四天的重要的事，这件我从来没有敢问起的事，一直就在那里；他不愿意去想，但与此同时，他又完全不能去想另外一件事。除了对往事的怀念，这种对正视自己真实想法的恐惧，也是他参观这些以抵抗运动英雄们的名字命名的街道的原因。和我会面能够更加有效地让他分心。我将完全占据他等待的这些天，摇晃他，刺激他，纠缠他，逼着他一遍又一遍地回忆过去，而无暇思考未来。

周四早上

　　根据我的笔记，我遇见他是在一个星期三。第二天早上，从九点开始，我们又在他酒店的房间里见面了。房间很窄，但是天花板很高，墙上贴着草绿色的墙纸，上面装饰着雏菊——这个竖起来的草坪还真是奇怪……

　　他让我坐在唯一的沙发上，自己则更喜欢在房间里大步地走来走去。

　　"你觉得我们先聊聊什么呢？"他问道。

　　"最简单的就是从开始处开始。您的出生……"

　　他沉默着继续逛了两分钟。随后用一个问题当作对我的回答：

　　"您确定，一个人的一生是从出生开始么？"

　　他并没有等着我回答。这不过是他开启故事的一种方式。我把话语权完全留给了他，决定还是越少打断越好。

　　我的生命开始于我出生前的半个世纪，一切要从博斯普鲁斯海峡岸边一间我从来没有去过的房间说起。一出悲剧发生了，一声尖叫回响着，一波疯狂的浪潮迅速蔓延，永远不会终止。所以在我来到这个世界之前，我的生命早已经开始了。

　　伊斯坦布尔发生了一些事件。对当时的人来说，十分严重；而在我的眼中，却不值一提。一个君主被赶下了台，他的侄子取代了他。我的父亲给我讲了不下二十遍这个故事，跟我提起那些名字、日期……但我差不多都忘了。另外，这也不重要。对于我本人的历史，只有当天的这声尖叫，这个年轻女人发出的尖叫还有那么一点意义。

倒台的君主被安排在首都郊区的一所房子里。禁止外出，禁止来访，除非事前得到许可。他完全和家人分开了，只有四个年老的仆人在身边。他不知所措、伤感、惊慌、意志消沉，已经极度颓废了。他对帝国的未来曾有过伟大的梦想，梦想进步，梦想重拾旧日的荣光。他自认为得到所有人的爱戴，他不能理解，为什么此刻周围所有人都选择沉默。他一再品尝着自己的痛苦：他用人不当，所有人都没有给他好的建议，他们都滥用了他的慷慨——是的，所有人都背叛了他！

他把自己关在房间里。"我知道没有人愿意再听我的命令，但是如果有人胆敢闯进这间屋子，我一定会用手把他掐死！"所以一整晚，加上第二天早上，人们都把他一个人单独留在房间里，一直到午饭时间。当时有人敲了敲他的门。他没有回答。人们开始担心了，但是又有谁敢违抗他的命令？

几个仆人商量了一会儿。这个世界上只有一个人能够违抗他的命令，并且还不惹他发怒。他的女儿，他最爱的孩子，依菲特。他们之间的感情深厚，他从不对她说不。她有老师教她钢琴、唱歌、法语、德语。她甚至敢在他面前穿上欧洲人的服装，比如她从维也纳或巴黎带回来的裙子。只有她一个人能没有任何危险地跨进倒台君主的房门。

征求了新政权的同意后，人们把她找来了。她先试着轻轻地扭动门把手。门没有开。她让随行的人走远些，然后喊道："父亲，是我，依菲特！只有我一个人！"没有回答。她浑身发抖地命令守卫撞开房门，并向他们保证她会对后果完全负责。两个强壮的肩膀开始撞门。门打开了。两个年轻人赶紧跑掉，都没敢朝房里看一眼。

女孩走进去。她还在叫："父亲！"她朝前走了两步。就在这时，她发出了那声尖叫。这一声回荡在卧室，走廊，前厅，伊斯坦布尔的所有街道，然后是整个帝国，并且传到了帝国之外，世界上其他列强的宫殿里。

倒台的君主静脉被割开，喉咙已经变黑。他的衣服完全被自己的鲜血浸透。

自杀？可能吧。也不排除是谋杀，因为杀手完全可以从花园进出。人们永远不会知道真相。不论怎样，这个问题已经没有什么意义了，除了对一些历史学家而言……

依菲特站在那里，因为恐惧而不能动弹。尖叫之后，她大口地喘着气。在她的眼中，哪怕已经是很多年之后，人们仍然能够猜到这种恐惧。

葬礼已经过去几周了，而她仍然在走廊里游荡，同样的眼神，同样的气喘吁吁。人们不得不承认这个显而易见的结果：这已经不是一个人在失去至亲之后正常的痛苦表现，依菲特，得到最多疼爱的女儿，最受宠的孩子，曾经那么乐观和雅致的一个人，精神错乱了。可能永远都这样了。

她的母亲没有别的办法，只好让人找来老医生凯塔达尔。他的家族来自波斯，世代接受了良好的教育，而他治疗的都是伊斯坦布尔达官显贵家里那些有精神错乱症状的病人。把他请来，就等于公开承认了这个不幸的事实。

医生是认识这位病人的。六个月之前，他曾经见过她，在完全不同的场合。当天他来治疗一个患了癔症的女佣，听到了公主弹钢琴的声音。她弹奏的是一首维也纳的曲子，他静静地聆听，站在门的旁边。当她停下来的时候，他对她说了些鼓励的话，用法语。她面带笑容地回答了他。两个人聊了几句，然后这个老男人心满意足地离开了。他永远不会忘记这次见面，这段音乐，这双光滑的手，这张面孔，这个嗓音。

这一天，当他再次来到这间放着钢琴的屋子，当他看到同样的女孩十分烦躁地走来走去，当他听到痴呆患者发出的咕噜声，看到她失常的双眼，弯成弓形的手指，他的泪水止不住地流。依菲特的母亲注意到了，她也开始抽泣。他十分自责，请求她原谅他的失态。他给患者的家庭带来的应该是安慰，而不是更多的不安。

"如果我带她远离伊斯坦布尔呢？"母亲问道，"比如去蒙特勒。"哦不，老男人痛心地表示，旅行并不能解决任何问题。当然需要让她换个环境，远离让她想起这出悲剧的一切，但是仅仅这样还并不够。以她目前的情况看，必须有一个有专业知识和能力的人不间断地照顾她。母亲把双拳握在胸前："我永远不会把女儿关进精神病院！这样还不如死了！"医生保证，会想出一个更好的解决办法。

当天傍晚回家的路上，凯塔达尔医生坐在四轮马车里摇摇晃晃地经过加拉塔喧闹的街区，半睡半醒中，他的脑子里突然冒出了一个疯狂的想法。第二天，他将到病人家里，告诉她的母亲，以她女儿目前的状态看，可能几年之内都需要持续的照顾，所以他提议把她带去安纳托利亚南部的阿达纳，他在那里有一座房子。他将夜以继日，月复一月，年复一年地全心照顾她，她将是他唯一的病人。如果上天愿意的话，她可能会一点点地恢复意识。

夜以继日，年复一年地照顾她？在他自己的房子里？如果这样的话在别的场合说出来，母亲一定会觉得医生十分傲慢和失礼。因为即使没有明说，言下之意已经是十分明显了，那就是医生——已经鳏居多年了——打算娶依菲特为妻。如果在另外的场合，我猜，这样的事是不可想象的。但是现在，已经不可能再把这个倒台的统治者精神失常的女儿嫁给曾经觊觎她的任何一个达官显贵了。所以母亲屈服了。与其把她的女儿囚禁到她生命的最后一刻，还不如托付给这个值得尊敬的人，至少他会珍爱她，照顾她，带她远离羞辱和丑闻……

奇怪的家庭，不是么？一个年老的丈夫，但首先是负责治疗的医生；一个年轻的痴呆的妻子，被他照顾和宠爱着，却不时地整天在仆人们耳边呻吟或尖叫，有人对她厌烦至极，有人对她无比同情。

没有人怀疑，这不过是一桩虚假的婚姻而已，唯一的目的就是让这一男一女能够更加方便地日夜同住在一个屋檐下，而不用担心人们异样的目光。门当户对的婚姻，所以也是表面的婚姻，甚至是出于好心的婚姻。算是一种表达忠心的举动吧。是的，从老医生的角度来说，是一个善意之举。

只是，有一天，依菲特怀孕了。

这是一时冲动的后果？还是一种大胆的疗法结出的果实？人们有理由怀疑了！

如果我相信这对夫妻的孩子，也就是我的父亲说的话，那第二种猜测是说得通的。凯塔达尔医生有他自己的疗法，他想要证明，一个女人，比如他的女人，因为一次打击而失去理智，可以通过另一次打击来让她恢复理智。怀孕，生育，尤其是分娩的过程。生命降临带来的震撼将弥补死亡带来的打击，鲜血将抹去鲜血，理论上……理论上……

但是人们想象的可能与此完全相反：身为医生的丈夫，寸步不离地在妻子身边照顾，为她穿衣，为她脱衣，每天晚上帮她洗澡，他深深爱着这个美丽的少女，他愿意为之付出生命中的每一分每一秒，他怎么可能就这样看着她，而丝毫不动情？他的双手，他的眼神这样掠过她光滑的身体，怎么可能不产生欲望？

再加上她也不是一直都精神错乱。她偶尔也会有清醒的表现，哦，当然并不是真正的清醒！在她生命的最后几年，我曾经见过她，也观察过她。她从来没有清醒到能认清自己处境的地步。这样更好，她也没有受太多的罪。但是，她已经可以平静地待上那么几个小时，不尖叫，不呕吐，甚至还能对周围的人表现出一种极大的温柔。

有时，她也会突然开始唱歌，声音很激动，但是还算有旋律。我的耳边还能回响起她唱过的一首土耳其语的歌，歌里讲的是伊斯坦布尔的女孩们在奥斯库德的海滩上散步的情景。还有一首歌，歌词比较难懂，讲的可能是特拉布宗和死亡的事。当我的祖母唱歌的时候，整个房子都安静了下来，所有人都静静地听着。她竟然可以如此感人。面色平静，身形优雅，就在她生命的最后几天里。我很容易就能想到，她的丈夫一定想把她搂在怀里。而她也依偎在他胸前，脸上带着一个乖巧的孩子般的微笑。之后，为了亲眼看到疗效，凯塔达尔医生可能会创造出一些更加合适的理论，完全出于善意……

然而，人们却可以反驳说，这些理论都已经被证明是无效的，因为直到年老的时候，我的祖母仍然没有被治好！事情并没有这么简单。她没有被治好，这是确定无疑的，有用的震撼并没有发生。但是她却知道如何把母爱给自己的儿子。她和我们一起生活，同住在一座房子里，我们从来没有感觉到她的存在对我们而言是一种负担。她的发狂是间歇性的，不会造成长久的影响。就算生育没有治好她的病，至少也没有让她的病情加重，并且在我看来，还给她带来了一些好处。但是，很少有人愿意从这个角度看待问题。

老医生受到了人们的批评……我说了什么，批评？他受到的简直是诽谤！如火山爆发一般。议论，指责，侮辱，污蔑。当然，他结婚了，合法的，没有人可以因为这个男人和他合法的妻子生了个孩子而指责他。但是人们也不能不想，在当时那种情形下，本来是有约定的，凯塔达尔医生让这个丧失理智的女人怀孕，从某种意义上来说是奸污了她，这样的行为不负责任且令人不齿，完全违背医生的操守，只是为了满足他下贱的欲望。

当他为了反驳而向人们解释他神奇的理论时，人们对他的鄙视更加重一分。什么？那些诽谤他的人说道，把他的妻子，当成实验室里的老鼠？

原本模范般的一生，却在暮年时受到四面八方充满敌意的攻击和伤害。老医生心灰意冷，甚至连他自己也觉得，他犯下了错误，背叛了使命，做出了可耻的事。

随后，再也没有一个同僚，再也没有一个"神圣家族"的成员，再也没有一个阿达纳的贵族愿意跨进他的家门。

我的父亲对我说："人们对我们就像对待鼠疫患者一样！"

然后他哈哈大笑！

我们在阿达纳的房子，我是不认识的，不，我甚至都没有见过。但是它确实出现在我的生命轨迹中，从我的生命开始之前。我觉得它对我的意义和我住过的那些房子一样重要。

它位于城市中心，却又像与世隔绝。外面是很高的围墙，还有一道种着浓密树木的花园。由于是砂岩建造的，下雨时整个房子都会变成红色，而干燥时，周围又会被一层细细的赭石色灰尘笼罩。与这座房子擦肩而过的人都假装看不到它。对他们来说，这个地方意味着深不可测的恐惧。这种恐惧与所有属于统治者家庭的建筑有关；与住在其中的疯子有关；甚至与凯塔达尔医生也有关，因为人们都传说他正在进行着神秘的、难以描述的实验。

在这样一栋房子里，在这样一对夫妻的怀抱中，孩子看起来是不合适的，也让人们看到的情景显得更加不真实。他的出现违反常理，甚至从某种意义上来说，人们认为他并不是来自上天的礼物，而是和魔鬼交易得来的产物。

他，那个孩子，我父亲，极少出门。他从来没有去过学校。关于这一点，他和奥斯曼人的孩子们完全一样，都在家接受教育。刚开始的几年，他有一位正式的家庭教师。之后，随着他的成长，不同的老师会来教授不同的课程。从来没有同龄的淘气孩子们来拜访过他，他也从来不会去找别人玩，他没有朋友，除了老师之外，基本上也不会见任何人。

这些老师和普通人也不太一样。同意每天来这栋"鼠疫患者"居住的房子里，这些人中的大多数本身也是不被当时的主流社会所接受的。土耳其语老师是一个还俗的伊玛目，阿拉伯语老师是阿勒颇一个被家里人驱逐了的犹太人，法语老师是一个波兰人，上帝知道他是怎么流落到安纳托利亚这座小城的，他叫自己瓦沙——当然可能只是一个比这个长三倍的名字的简称……

凯塔达尔医生在世的时候，老师们还都规规矩矩地教书。固定的时间，从来不允许迟到，从来不许有出格的举动。他们都听从他的指示，向他汇报学生的学习进度，每周五才会一起进行礼节性地拜访，领取他们的薪水。

老医生过世后，这些规矩就被废弃了。父亲当时已经十六岁，像一匹脱缰的野马，再也没有人能够控制他。上课的时间被无休止的讨论占据和延长，老师们经常被邀请共进午餐、晚餐，所有人一起。一个小圈子就这样在年轻人的身边形成了。人们什么都聊，但是谈论一些人尽皆知的常识，或者不合时宜地为帝国歌功颂德或宣扬宗教的成就，却并不太受欢迎。

这是一座言论自由的房子，在那些年里，帝国的每个城市几乎都有这样的一个地方。但并不能说在我们阿达纳的房子里正在策划什么阴谋：他们都很小心地避开政治话题。在这群人里，有太多的外国人，太多的少数族裔，尤其是亚美尼亚人，希腊人，但凡奥斯曼政权对他们有任何一丁点的质疑，都会让他们十分难堪。他们只是很偶尔地聊一聊选举，义务教育，日俄战争，或是十分遥远的叛乱，比如在墨西哥，在波斯，在西班牙，或是在中国的。他们热衷的完全是不同的事：新发现、新技术。最受推崇的要算摄影。有一天，讨论正进行得热火朝天，他们觉得应该给这个小团体起个名字，然后没有任何犹豫就有了这个称呼：摄影圈。

在这些人当中，我父亲是唯一一个有财力负担这种爱好的人，于是他买来了——从莱比锡，我猜——最新款的装备，以及一些启蒙教材。

圈子里的很多人应该都尝试过这种艺术，但是其中最有才华的应该是他的科学老师——努巴尔，一个亚美尼亚人。他也是老师中最年轻的，只比他的学生大六七岁的样子。在他们两人之间，将会生出一种长久的友情。

在那个时代，一个土耳其人和一个亚美尼亚人之间保持这样的联系，看上去就已经很不正常了——我差点就说是"不符合时代的"，也是可疑的。一些商业合作，上流社会礼节性的交往，相互欣赏，是的，在某些领域，这些看起来还是常见的；而真正的友情，深刻的共识，不可能。两个族群间的关系已经恶化到一眼就能看出的地步，阿达纳甚至比在其他地方更严重。

但是，在凯塔达尔家墙外发生的事对墙内并没有什么影响，甚至可能起到了相反的作用：正因为一个土耳其人和一个亚美尼亚人之间真挚的友情，亲如手足般的友情是罕见的，这样的友情对两个年轻人才显得弥足珍贵。当其他人都在高声宣扬两个族群之间是多么不同时，他们两人却与众不同地追求友情。他们还像孩子似的庄严地发誓，永远不会有任何东西能将两人分开，也不会有任何事能让他们放弃共同的爱好：摄影。

有时，圈子里的人聚会的时候，我的祖母会离开她的房间，和他们坐在一起。他们继续着讨论，偶尔一边说话一边看她一眼；她也看着他们，像是饶有兴趣地听着谈话，她的嘴唇甚至还会动。然后，不知出于什么原因，她就在人们说话声中突然站起，重新把自己关回屋子。

也有些时候，她会显得很烦躁，在自己的房间里大声叫喊。这个时候，她的儿子就会起身去看看她，像他父亲教过的那样照顾她。当她平静下来后，他就会回到朋友们身边，和他们继续刚才中断的谈话。

除了这一点点的不幸之外，我们的这栋房子见证了几年快乐的时光。这也是当时的照片里流露出的感觉。我的父亲保存了几百张那时的照片。整整一箱子。在箱子上，他骄傲地用乌贼墨写下"摄影圈，阿达纳"。

有时，他会把照片展示给他欣赏的人。他会详细地介绍每次拍照时的情景、运用的技术、取景和采光的窍门。在这些问题上，他可以滔滔不绝，就像市场上的一个商贩……直到有一天，一个不太熟的访客搞错了他的动机，他以为招待他的主人是想向他卖这些照片，于是他报了个价格。我父亲差点把他扫地出门，这个可怜虫还疑惑不解地哭了。

最后，所有的这些照片都静静地躺在这个箱子里，一直到我父亲去世。在这中间，他可能只打开过两三次。这些照片中，有一张他母亲的肖像照让人印象深刻。她坐在沙发上，看起来有一些僵硬和呆板，斜着眼看着左侧的窗户，像极了一个走神的小学生。

这是他拍的，一定是。以她当时的状况，儿子的任何一个朋友都不可能给她拍照。这个举动过于冒险，也过于亲密。

我其实是想说，箱子里的大部分照片都不是他拍的。它们的拍摄者有努巴尔，还有五六个圈子里的其他成员。

最早的照片可以追溯到 1901 年。最晚的，1909 年，1909 年 4 月。很精确，不是么？我还能说得更精确：4 月 6 号。父亲在我面前说了太多次，我不可能忘记。从这一天之后，他再也不想端起任何一台摄影装备。

这一天究竟发生了什么？一场灾难，从某种意义上讲。我就生于这场灾难。

阿达纳发生了骚乱，暴民们洗劫了亚美尼亚人的街区。这不过是六年之后更大规模动乱的一次预演，但是已经够让人触目惊心了。几百人死亡，也可能有几千人。数不清的房子被烧毁，其中就包括努巴尔的。但他还有时间逃出来，带着他的妻子，一个有着很罕见的姓氏——阿尔斯诺埃的女人，还有他们十岁的女儿和四岁的儿子。

除了他的朋友，他唯一的土耳其人朋友，哪里还能给他提供避难所？第二天，他们所有人就都藏进了凯塔达尔家的大房子里。但是第三天，4月6号，听说局势已经恢复了平静，努巴尔于是想回到自己家烧掉的房子那里，看看还能不能抢救出一些书，或者照片什么的。他带着一架便携式相机，我的父亲决定跟他一起去，也带了一个类似的装备。

街道看上去确实是平静了。这一路也就几百米的距离，两个朋友在路上还能拍上几张照片。

他们就要到达努巴尔的房子，或者说冒着烟的废墟那里时，突然间听到了一声尖叫。右手边的几条街之外，一群人正在前进，在大白天他们还举着火把，挥舞着木棍。我们的摄影师们赶紧退回来，努巴尔撒开腿脚拼命逃跑，而我的父亲还保持着王室的风度，他甚至根本没动，而是小心地测量，取景，然后给骚乱分子的先头部队拍了张照片。

努巴尔发疯似地大叫，这时我父亲才决定赶紧跑，他把相机紧紧抱在胸口，就像抱着个孩子一样。然后两个人都毫发未损地跑过了花园的栅栏。

但是人群对他们紧追不舍。上千名疯狂的危险分子在路上扬起了巨大的尘埃，现在已经到达栅栏外面，开始用力地摇晃栅栏。几秒钟之后，他们就可以冲进去，杀人，抢劫，放火，但可能他们还有些犹豫。在栅栏后面，这座巨大的房子里住的并不是一个亚美尼亚富商，而是统治者家庭的一个成员。

他们还会犹豫很久么？被他们摇晃得越来越厉害的栅栏，会不会就此倒下，打消掉骚乱分子的最后一点顾虑？另外，栅栏外的人已经越聚越多，吓死人的叫声也越来越大。

这时，一队士兵突然出现了。一个军官，就一个，还很年轻，带着少数几个士兵，他们的出现并非没有效果。高高地坐在马背上，挥舞着弯刀，再加上头顶上黑色羊毛高帽，军官跟领头的骚乱分子说了几句话，然后让园丁打开栅栏放他进去。

我的父亲把他当成了救世主，但是军官可没闲心套近乎。他只是冷冰冰地要求他们交出摄影器材，因为那是这次混乱的诱因。看到我的父亲竟然敢拒绝，军官威胁道，如果不听话，那他会带着人离开，并且不会再插手这里发生的任何事。

"您知道我是谁么？"我父亲说道，"您至少知道我是谁的孙子吧？"

"是的，我知道，"军官回答道，"您的祖父曾经是个尊贵的统治者，但是他死得太惨了。愿上帝接纳他的灵魂！"

在他说出这些话时，我父亲从他的眼神中看到更多的是仇恨和傲慢，而不是同情。

只好妥协了，交出为了摄影圈举行活动而花大价钱买进的全套装备。不少于十台相机，其中还有一些最高级的。我父亲只保住了他刚刚用过的那一台，他用脚把它踢到了家具下面，在相机里面还保留着那张差点让他丢了命的照片。

士兵们把其他的装备都带走了。从二楼的窗户那里，努巴尔和我父亲看到他们把这些珍贵的宝贝扔到地上，扔到骚乱分子们眼前，公然地用脚踩，用枪托砸烂，然后满手抓起这堆废品，从栅栏上面扔了回来。

直到这会儿，人群才心满意足，渐渐散去。

两个朋友面面相觑，还是不敢相信眼前发生的一切。刚刚为逃过一死而松了口气后，他们就伤心起来。

美好的时代结束了。圈子的时代也结束了。摄影，他们共同的爱人，他们纯洁的欧洲情人，他们差点为之付出生命的代价，今后，他们不能再像从前那样拥抱她了。我父亲成了收藏家，彻彻底底的，他再也没有拍过一张照片，骚乱分子的那张就是他拍的最后一张；与他相反，努巴尔成了专业摄影师，但不是在阿达纳。对他来说，重修自己家的房子，已经完全不可能了。重新走到亚美尼亚人街区那些令人恐惧的街道上，哪怕只是想一想，就已经让他难以承受。他出生在这座城市，但未来肯定不会存在于这些旧日的围墙里了。

接下来要选择的，就只有逃到哪里而已。

很多亚美尼亚人在那时从阿达纳，以及省内的其他城市逃离了，他们在首都伊斯坦布尔又重新聚集起来。"逃过老虎的爪子，躲到它的嘴里？我不会这么干。"努巴尔说道。

他的脑子里计划的，是美国。只是为了这个计划，他需要很多钱，以及很多准备工作，要先和一些人取得联系，并拿到一些文件。他仅仅打算在朋友家再待几天，并且决定离开凯塔达尔家之日，就是他离开这个国家之时。

是他的妻子——是的，阿尔斯诺埃——悄悄对他说出了解决办法。悄悄说出，如果是描述她，这个词是准确的。她是最羞涩，也最被人忽略的那个人。她总是交叉着脚，交叉着手，眼睛看着地上，我猜她在胆敢插手跟她不相干的事情——比如说他的生命——之前，心里已经无数次请求过原谅，并且斟酌过上百次这个场景了。她有个表兄，几年之前就定居在黎巴嫩山地区了。他不时地来几封信，鼓励他们也过去。或许在去美国之前，可以先去那边避上一阵子？

确实，那边也是奥斯曼帝国的领土范围。但是自从半个多世纪之前，山区就有了自治权，这是受到列强保证，并被近距离监督的。对于亚美尼亚人来说，就算这不是最理想的避难地，至少也是一个风险最小的去处，同时也是最不难到达的。

这个想法，在努巴尔的脑子里整整盘算了两天。一旦决定下来，他就通知了他的朋友。

"这么说来，"我父亲可能这样回答，"你已经打定主意离开我了。我的房子对你来说还是不够宽敞。"

"你的房子很宽敞，但是这个国家已经太局促了。"

"如果这个国家对我最好的朋友已经太局促了，那对我来说又何尝不是？"

努巴尔没心情解释，对于一个亚美尼亚家庭教师和一个土耳其王子，前景会如何不同。我父亲也没打算等他回答，他已经走到花园里，在胡桃树下来回踱着步，大口吸着烟。努巴尔不时从窗口看一看他，随后决定还是去花园里和他会合。我父亲显得很慌乱。

"你是我最亲近的朋友，最慷慨的主人，任何人离开你，都不会没有遗憾。这么说吧，最近发生的这些事，不管是你还是我，都不愿看到。但是不管是你还是我，也都不能阻止它发生。我应该……"

他的朋友和主人没有听他在说什么。一个多小时了，他已经在脑子里做出了自己的决定。

"如果我和你一起走呢？"

"去黎巴嫩？"

"可能吧。"

"如果你来……如果你和我一起来……我就给你……"

"你就给我什么？"

两个朋友好像突然找回了欢乐的、年轻的时光，还有他们共同爱好的精神游戏。但是这个游戏会把他们带到很远的地方。

"我应该给你什么？"努巴尔高声地自言自语，"你有土地，有整片的村庄，有王子的府邸，而我，我的那座破房子，那么破烂，现在还只剩下一堆石头！"

"我本来可以给你我最珍贵的藏书。就算给那些占有一切的人，我们也总能送给他一本旧书。

"我本来可以给你我最好的照片，最成功的那些，也是最让我骄傲的那些。

"但是我什么都没有了，所有都被烧了，书籍、照片、家具、衣服，我失去了一切。

"我什么都给不了你，除了我的女儿！"

"说定了，"我父亲说道，"我和你一起走！"

这两个朋友许下的承诺是认真的么？我个人感觉，这件事一开始对他们两个人来说更像是一个玩笑。但是接下来，他们两个人当中谁都不想反悔，因为担心另一方会生气。

努巴尔的女儿当时十岁。以她这个年纪来说个子不小，但是太过瘦弱，太过黝黑，穿的衣服也太过朴素，更像是一个被拉长了的孩子，而不像一个初长成的少女。她叫塞西尔。五年之后，她嫁给了自己父亲的朋友。那是1914年，就在入夏之前，就在战争爆发之前。当时他们举行了豪华的宴会，那可能也是历史上最后一次土耳其人和亚美尼亚人在一起歌唱、舞蹈的盛会。上千宾客参加，其中还有山区的总督，当时正好是个亚美尼亚人，叫奥哈内帕夏。他是奥斯曼人的老官员了，借那次机会他发表了演讲，强调帝国各族裔之间的亲善——"土耳其人，亚美尼亚人，阿拉伯人，希腊人和犹太人，苏丹神圣之手的五根指头"——受到了如潮般的掌声。

努巴尔，即使沉浸在完全的节日氛围中，也不能放下自己的担心。但是新郎开心得就像街上顽皮的孩子："来吧，岳父大人，先别想你的事了，加入我们吧！看看你身边所有这些欢笑的，鼓掌的人们，我们难道不是在这里找到了阿达纳没有的东西？我们还有什么必要流落到你的美国去？"

一切看起来都不能更好了。为了准备结婚，我父亲刚刚让人建了一座房子，在贝鲁特的郊区一个叫松树岭的地方。那是一座豪华的砂岩房子，以他们刚刚离开的那座为样本。从阿达纳，他搬来了家具，母亲的珠宝，父亲的旧物件，地毯，整箱整箱的财产证书和皇家敕令，当然还有他所有的照片。

在这座新的凯塔达尔家客厅巨大的墙上，挂着的是人们最意想不到的一张照片：骚乱分子，他们裹着头巾的脑袋，在火把那仇恨的火焰下冒汗的脸庞。我父亲在他有生之年，将会一直把这张奇怪的打猎图放在自己眼前。几年的时间里，来的客人一波又一波，他们都近距离地仔细观看这些面孔，徒劳地想从中找到一两个熟悉的人。我的父亲任由他们这样不知所措，很久之后他才会说："不用找了，你们不可能认出任何一个人，这是疯狂的人群，这是命运。"

他总是坐在这些人的面前。努巴尔则完全相反，他总是背过身去，甚至每次进入这间屋子的时候，他都会无一例外地垂下眼睛，不想看到他们。

我父亲希望他的朋友从此和他住在一起。但是努巴尔更喜欢住在附近租来的房子里，那座房子小多了，同时还是他的工作室。总督把他任命为专用摄影师，几个月之后，他的生意就做得风生水起。高山地区的麦子总是长得很快，因为它们知道春天的短暂。

那年夏天，1914 年战争爆发了。对于经历过的人，那是世界大战。而在我们这里，没有战壕，没有流血，也没有芥子气。我们的痛苦不是因为战斗，而更多是因为饥荒和瘟疫。然后就是流亡，村子里的人口急剧减少。从那以后的很长一段时间里，在山区的各个地方，好多房子都不再有炊烟了。

这段时间里，在阿达纳，以及整个安纳托利亚，到处都开始了屠杀。地中海东岸的土地经历了历史上最为黑暗的时刻。我们的帝国在耻辱中濒临灭亡，在它的废墟上，冒出了一大堆发育不完全的国家。每个人都祈祷自己的天神，让其他不一样的祈祷声消失。公路上，最早那些死里逃生的人组成的队伍一眼望不到头。

死神的确要降临了。但是，我的母亲却怀孕了。不是我，不，还不是。她怀的是我姐姐。我是战后出生的，在 1919 年。

我不经常提起我的母亲，那是因为我对她了解甚少。她在生下我弟弟时去世了，当时我还不到四岁。

对于她，我只保留了一点记忆。我来到她的房间，光着脚。她穿着睡裙，站在镜子前。她牵过我的手，放在她圆圆的肚子上。或许她是想让我感受一下里面的胎儿在动。我疑惑不解地看着她，她的脸上还有泪珠。我问她是不是身体不舒服。她用攥皱了的手帕擦了擦眼睛，随后把我从地上抱起来，用双臂紧紧地把我搂在胸前，很长时间。我闭着眼睛，呼吸着她温热的气息，我多希望她永远不把我放下来啊！

她为什么会哭？疼痛？女人的忧郁？突如其来的伤感？直到今天，我都特别想搞清楚！

我的脑子里还有另外一个关于她的画面。对于那一个画面，我并不是很确定。我看到母亲靠在门边，穿着一条在踝骨处略微开口的紧身白色长裙，头上是一顶带短面纱的帽子，像是要去参加一场慈善活动。但是这一点，我跟您说过了，我并不确定。我可能是之后看到过照片，然后想象曾经见过那个场景。她在这个场景里显得太无生气。凝固的姿势，平淡无奇的笑容，一句话都没有。她也并不是在看着我。

就这些了，再没有其他的记忆。没有任何关于她受苦和死亡的画面。他们让我躲开了这一切。

很久之后，我曾经想过，她是否心中毫无波澜地接受就这样被嫁出去，她的未来就这样在一个玩笑中被注定……或许没问题，归根到底。在那个时代，这是行得通的。父亲许下承诺，女儿就会遵守。在某些情况下，她们也有可能会反抗，比如为她选择的丈夫太让她讨厌，或者她的心里已经爱上了另一个人……有时她们甚至会付出生命的代价。至于我的母亲，我并不认为她对这个安排感到特别痛苦。她的丈夫是一个慷慨的人。不过也不是那么容易相处，因为他身上有独生子和王子的任性。他并非脾气不好，或者容易发怒，也并不阴郁。如果要他讨厌一个人，他会非常痛苦。另外，他也很帅气，总是穿得很讲究，有一点花花公子，甚至不止一点，在关系到他的帽子、硬直的衣领、金黄色胡须的造型、外套的褶皱或是香根草香水的浓淡程度时，他简直是有怪癖般的苛求。

为了推断我母亲在我父亲身边生活会是什么样的感受，我有一个指标应该不会骗人：她自己的父母。努巴尔和我的外祖母在有生之年，一直对我父亲十分喜爱。只要观察一下他们看他的眼神，就会发现他们因为他高兴而高兴，因为他不安而不安，哪怕他最坏的毛病也让他们生不起气来。由此可见，他对于他们的女儿来说，并不是一个糟糕的丈夫。

尽管如此，我母亲在她短暂的一生中，也并没有经历太多的欢乐。她三次怀孕，三次都十分痛苦。第一次开始于1915年。我不知道今天人们还能不能理解，在那个悲惨的年代，一个亚美尼亚女人怀上一个奥斯曼土耳其人的孩子意味着什么。

当然，她的丈夫不是随意一个奥斯曼土耳其人，他的态度是很明确的，就像他对努巴尔那永恒的友谊。但是在当时，谁有时间去关注每个人的态度？谁又会去追求真正的信仰？在类似的情况下，人们只会根据你的血统立刻推断你的观点。

因此，亚美尼亚人老总督，尽管对我们的帝国无比忠诚，也在旦夕之间就被解了职。同时山区的特殊地位也被一笔勾销了。所有这些人，所有逃到这里，只想躲过奥斯曼政权的亚美尼亚人，突然发现自己掉进了陷阱里！

努巴尔又一次动起了移民美国的念头。但是现在他的女儿已经为人妻，为人母，他不可能抛下她和她的小家庭独自离开。然而我父亲不想听他说这些。

一开始，为了给自己争取些时间，他说必须要等他的女人分娩完毕，身体恢复好了才行。之后，他又以他的母亲为借口，说她的身体情况不可能被允许入境美国，而他也不可能把她一个人留下。

这并不是真正的原因，或者说不是唯一的那个。在穿越大西洋的过程中，我的祖母肯定不会是第一个会发狂的。我倒是觉得，我的父亲尽管和他显赫的家族有些疏远，尽管有时也会显示出一丝不屑，但他并不能完全无视自己的族谱。只要他还身在东方，他就是王子，是统治者的孙子，是伟大征服者的后代，甚至都不用刻意去炫耀；而在美国，他将变成一个无名的路人。这一点，他永远不能接受。

提到他，我想我昨天说过，他反对贵族的称号，反对由阶级和出身带来的荣誉。我不想说他的观念前后不相关，只是，他有自己的关联性。如果说他经常咒骂自己的奥斯曼家族，他的怨恨也是因为家族的衰败。

所以说，他所看重的更多的是过去，而不是将来？想把这两个方面完全分开并不容易。毕竟，未来都是由我们对过去的怀念组成的，除此之外哪里还有其他的？

那个时代，不同种族的人们在地中海东岸的港口城市里并肩生活，不同的语言在此交汇，这究竟是对过去生活的模糊重现，还是对将来的一种预示？坚持这个梦想的人，到底算厚古薄今，还是充满幻想？我没办法回答。但这正是我父亲所坚信的。在一个乌贼墨般漆黑的世界里，一个土耳其人和一个亚美尼亚人仍然可以是兄弟。

要是人们能给他一个他想要的世界，那他肯定会祈求上天，让这一切都不要有变化。然而他知道这是不可能的，于是终其一生，他都在进行一个王子无休止的反抗。如果他不是王子，那他也不会成为一个革命者。他想要的已经不是一个顺着应有轨迹向前发展的世界，所有那些脱离轨迹的——我可以这么说——都让他兴奋：颠覆性的艺术、破坏性的革命、极端的发明、离奇的想法、古怪的行径，甚至是疯狂。

只有很少的时间，那些最为革命的思想和他身体内顽固的贵族本能会发生碰撞。

这么说吧——这只是一个例子——他从来就不希望自己的孩子去学校上学。他坚持让我们走他当年走过的路：一个启蒙教师，然后几位老师来家里上课。如果有人偶尔提出，这与他那些前卫的思想并不太相符，他会态度激烈地去争辩。他认为人生来就是叛逆的，而学校的作用就是让人们变得服从、认命、更容易驯养。将来的革命领导者不可以走这条路！他们不能把自己淹没在无知的人群中！

他想要给孩子们找的老师，是没有一个学校愿意聘用的那些人。用他的话来说，真正的老师，是能告诉你各种不同真相的人。

我猜想，父亲想要重现他年轻时经历过的最好的东西，比如和努巴尔以及摄影圈其他成员之间那种智慧和心灵的契合。他希望重新找到这种感觉，然后传递给我们。他做到了，至少部分做到了。每天早上，老师们来家里的时候，我并不会感到担心和害怕，我现在还能回忆起我们之间的一些讨论，还有一些悄悄话；可能我和其中的一个或几个人之间，还有那么一丝的默契……但是两座凯塔达尔房子——阿达纳的那座和现在贝鲁特郊区这座——它们之间的相似点也就仅限于此了。如果说之前那座房子游离在世俗之外，有上锁的栅栏，只有少数必不可少的人才能进入，那第二座房子就正好相反，像是一个阳光下熙熙攘攘的蜂巢。客厅敞开，手臂张开，餐桌对过客和常客同样开放——没人赏识的画家和年轻的女诗人、过路的埃及作家、形形色色的东方学者，没完没了的嘈杂……

对于我这样的孩子，这本可能是不会结束的节日，但是这更多的是一种折磨，甚至我可以说是一种持续的灾难！从清晨一直到深夜，我们家一直被各色人等占据。有时有一些惊人的、好笑的或是博学的人；但大部分时候都是一些毫无可取之处的吃白食的人、找麻烦的人，甚至是骗子，他们盯上的不过是我父亲的财富，完全利用了他对所有新鲜事物毫无限度的追求和辨别力的彻底缺失。

我童年的快乐，是在其他地方找到的，在我偶尔，应该说太过偶尔远离家里房子的时候。

这段时光给我留下的最美好的回忆？连续三年的夏日假期，我都和外祖父母去高山上的一个村庄，距离我们叫作卡纳特巴凯什，也就是巴克斯运河不远的地方。每天一醒，我们就徒步登山，外祖父和我一起向山顶爬去。我们只带着登山用的木棍和充饥的东西——水果，还有面包卷。

经过两个小时的攀登，我们到达了一座牧羊人的小屋。这间小屋据说是罗马人时期建造的，但是一点都没有古建筑的辉煌，不过是一个大石头避难所而已。屋门矮小，连我这个十岁的孩子都要弯着腰才能进去。屋里只有一把破椅子，椅子腿摇摇晃晃，藤制的椅背也严重开裂，整个房间还弥漫着母山羊的气味。但是对于我，这里简直就是一座宫殿，一个王国。一来到这里，我就会钻进来，而外祖父则坐在外面一块大石头上，两手扶着手杖。他留我一个人沉浸在我的梦境里。天哪！我就像喝醉了一样，我遨游在云端，我主宰着世界，我的体内燃烧着火热的欢乐。

哪怕夏天结束，我必须回到地面上之时，我的幸福还留在那里，在那间小屋里。每晚我都睡在我们的大房子里，盖着绣花的被子，看着墙上的织毯、雕花马刀和奥斯曼水壶的装饰品，我却只能想起那间牧羊人小屋。另外，直到今天，到了我人生的下半段时，当我梦到童年的时光，出现在我眼前的也只会是这个小屋。

连续三个夏天我都去了那里。当时我十岁、十一岁和十二岁。随后，这种梦幻般的经历就结束了。外祖父身体出了些问题，医生不建议他再长时间散步了。在我看来，他一直是强壮的，头发乌黑，胡须浓密并且看上去更黑，没有一丝银白色。但他毕竟是外祖父，我们小孩子的玩法已经不适合他了。我们必须换一个地方去散心，以后就是那些豪华宾馆，有游泳池、赌场和舞会，而我已不再拥有那个儿时的王国。

不，我父亲从未和我们一起旅行。旅行，就是为了不在他身边。我们出发了，离家越远，心情就越轻松。他会留下来，对于这种"夏季进山放牧"一样的行动，他的态度只有不屑，他不喜欢像这群市民一样，在特定的日子逃离沿海地区，躲到山上避暑。

归根到底，他可能是对的。我越长大，越觉得父亲做的事有道理，我想，这对所有人来说都一样吧。我的怪念头甚至慢慢地与他的想法重合了。但是在某一点上，我会永远记恨他，这一点也是不断推动我逃离的原因——他总是希望把我打造成一个伟大的革命领袖。这已经不是一个愚蠢的幻想，就像其他很多父母对孩子的期待那样。这完全就是一种执念。今天看起来有些好笑，但是在我的童年，我的青少年时期，它可不会让我笑出来。之后，等我成年了，它还追着我不放，就像一个诅咒一样。

您看，我的父亲就是我们通常称为有见识的独裁者的代表。有见识，因为他希望我们接受成长为自由人的教育。有见识，因为他希望自己的女儿和儿子接受相同的教育。有见识，也因为他对现代科技和艺术的热情。但是也独裁。独裁从他说话的方式就已经体现出来，当他表达自己意思的时候，总是提高嗓门，内容详细，丝毫不留余地。独裁体现在他对我们的苛求，对我们未来的苛求——认为自己的理想是高尚的，从来不考虑孩子是不是有意愿，或是有能力来实现。

一开始，压力分配在我们三个孩子身上，平均分配，或至少差不多。但是我的姐姐和弟弟一点点摆脱了出来，剩下我一个人独自承担父亲那伟大的执念令人疲惫的重量，这种状态延续了我的整个人生。

我的母亲在 1922 年 9 月第三次生产之后去世，那时我的姐姐也不过七岁。她很快就成了家里的女主人。是她，忍着泪水向我解释，说妈妈去一个很远的地方旅行了，并且为了不让她在那个遥远的地方感到痛苦，我必须要安静地睡觉，然后，我猜，她一定在自己的床上哭干了所有眼泪。

我们三个当中，她是唯一一个从小就能争取到自己位置的。有人说，对于她，我们的父亲是遮风挡雨的屋顶；对于我，他就成了高高在上的天花板。同样的言语，同样父亲般的声调，能让她安心和自信，却让我窒息或无措。

我眼前还能浮现出这个场景，同样的场面可能已经复制了几千次。

早上，父亲起床后，在他洗漱、做发型、换衣服、喷香水，准备好出门之前，不出来见任何人，甚至包括我。他会先叫来剃须匠，然后，一切准备停当之后，他会把门打开一条缝，喊我姐姐进去，给他"当镜子"。也就是说他会站在她面前，安静地站得笔直，就像站在镜子前一样。而她会帮他检查一遍，比如整理一下领结，拂去一丝灰尘，或是近距离地查看一块褐色的污点。在整个操作过程中，她的表情都充满怀疑，等她认为一切妥当，她会轻轻点点头，一点都不着急，这就算是交割证明了。而父亲就像一个不安的等待判决的人。

这一仪式结束后他才会离开卧室。最初的几步还显得有些犹豫，随后他会一点点恢复自信的步伐，一直走到客厅。他的咖啡已经准备好了。

刚才我说准备好"出门"，这只是一种方便的表达而已，更准确的词语是"出席"。我父亲很少出门。通常情况下，他都是在起床后，从楼上打开的窗户探出半个身子，呼吸一下早晨的空气，眼睛把大海、城市、松树扫视一圈，只是扫视一圈，就像为了确认它们还在那里一样。随后他会走下楼梯，坐进客厅里。最早的访客不会让他等太久，甚至有时候他们已经在那里了。

我猜我母亲在世的时候，每天都是她来"当镜子"的。代替了母亲的这一角色之后，我姐姐对父亲产生了巨大的影响，这是我从来都不敢想象自己能做到的。从此，他不再把任何东西强加在她身上。

就像她一样，我弟弟也成功摆脱了父亲的重压。不过用的却是完全不同的方式，也更加隐蔽。他用尽一切办法让父亲失望，打消父亲把他推得更高的念头。他很确信，自己一出生就受到父亲的厌恶，因为他导致了母亲的死亡。一个父亲可能永远不会刻意对孩子有如此狭隘的看法，但是如果一个孩子觉得自己从出生开始就没得到应有的爱，他的感觉也不会完全是错的。

很早开始，我的弟弟和我们之间就出现了一个很明显的不同。我们，我指的是全家人。所有人都身材苗条高挑，带着一种与生俱来的风度和优雅，所有人。父亲一直又高又瘦，除了生活富足的成熟男人难以避免的大肚子之外，母亲曾经也是，努巴尔，祖母和外祖母，姐姐和我。我们所有人几乎都是同样的体型，让人一看就是一家人，除了我弟弟。从很小开始，他就很胖，而且一直很胖。他吃东西时狼吞虎咽的样子就像猪一样。

好像我还从来没有提到过他的名字：萨利姆。这也是他心有怨恨的头号原因！他的名字和一般人一样，他是我们三个人当中唯一一个没有用少见名字的人。我的名字世界上不会有另一个人会用。五十七年了，我都没能成功地习惯这个名字。每次自我介绍的时候，我都刻意地去回避它。

昨天，我们见面的时候，我只是说我叫"凯塔达尔"，是吧？你永远猜不到我父亲强加给我的名字：奥斯亚尼！没错，奥斯亚尼——"不服从""反叛""不听话"。你见过一个父亲给他的孩子取名叫"不听话"么？在法国的时候，我总是把这个词说得特别快，以至于有些人还跟我提起某个苏格兰的吟游诗人。通常我只是懒懒地点点头，不愿意浪费口舌去向他们解释我父亲有多么任性。

不过，随他去吧。我只是想说，我的名字实在是最难以承受的名字之一。我姐姐的名字——依菲特，和祖母的一样——在贝鲁特也十分少见，大多数人听起来都像是"伊维特"。

确实，在两次世界大战之间，这里已经是法国的托管地了……当然，不过刚刚成为法国的托管地，在经历了奥斯曼人四个世纪的统治之后，但是突然间，没有任何人愿意再听到土耳其语了！

最后，对于我们这个无论如何跟奥斯曼人脱不开关系的家庭来说，当时可能已经不是在黎巴嫩定居的最佳时机了。您还想怎样呢，我们没有任何选择，是历史替我们做出了选择。话虽然这么说，但我并不想表现得不公道，或是忘恩负义。即使贝鲁特的人们更想说法语，而忘掉土耳其语，他们也没有哪怕一次让我们觉得自己是不受欢迎的。恰恰相反，他们对于曾经的"占领者"作为客人来到他们身边生活，是既开心又骄傲的。我一直被所有人，包括熟悉的人和陌生的人，当作小王子来对待。我从不觉得应该隐藏自己的出身，除非是因为谨慎，因为担心让别人有压迫感……

我又跑题了……对了，我刚刚说的是我弟弟的名字，萨利姆。我说了，他的名字并不像我的那么罕见。这甚至还是一个广为流传的名字，因为听起来不错。只是，您是知道的，它表示"安然无恙"，或类似的意思，对于因为他的出生而导致母亲死亡的孩子来说，这总会勾起痛苦的回忆。

在我弟弟的意识里，人们这么称呼他，就是为了让他一辈子都记得，他是母亲生命的延续，甚至还有可能是对他"杀死"了她的惩罚。

这并不是我父亲的初衷。一点都不是！在他看来，这个名字只是为了庆祝这次悲剧般的生产中唯一一件值得庆幸的事，那就是至少孩子还是安然无恙的。这么说来，父母给孩子取一个代表他们当时意愿、关注点或是一时兴起的名字，是个十分让人厌恶的习惯。一个名字——您肯定也同意——应该是一张白纸，由名字的所有者在上面书写下自己的一生。在我看来，如此称呼我的弟弟从一开始就是不祥的征兆，但是肯定没有惩罚他，或者诋毁他的意思。毕竟一开始的时候，父亲对萨利姆和我怀有同样的雄心壮志……

为了让父亲死心，我的弟弟可以说是竭尽全力了。他从不好好学习，在我们那么出色的老师们面前表现得像个小混混（虽然不是所有老师都很好，但大部分还是不错的）。他还用胡吃海塞来报复自己，我刚刚也说过了。还有更坏的。

比如说，十二岁的时候，他偷了两卷装饰着细密画的 17 世纪手抄本，卖给了旧货商，然后诬陷了园丁的儿子。知道真相后，我父亲觉得受到了巨大的侮辱。然后，生平中头一次，他打了自己的孩子，打得很疯狂，他用皮带扣一直把弟弟打出了血。

他甚至还发誓把我弟弟逐出家门，腾出的房间让园丁的儿子住，这样作为补偿；但是这个孩子和他的父亲很谨慎地拒绝了。就算没有赶出家门，父亲也已经决定把他的小儿子从自己的梦想中驱逐出去了。可能他觉得这是一种惩罚，但是正好相反，这对我弟弟是一种解脱。

但是不包括我，苍天啊。我父亲的梦想，从此之后就落在我一个人的肩上了。

那是怎样的梦想啊！如果要做出最相似的描绘，我想说他梦想的是这样一个世界：所有的人都有礼貌，又很慷慨，衣着光鲜，弯下腰向女士们问候，藐视不同种族、语言和信仰之间的所有分歧，并像孩子一样热衷于摄影、飞行、收音机和电影。

把我的话当成一个严肃的玩笑吧，或是一个惭愧的冷笑，因为他所梦想的这个世界，这个应该把 19 世纪最好的东西延续下去的 20 世纪，我也一样梦想着。直到今天，我还保留着梦想的勇气，我还梦想着。在这一点上，我们很像……真是一对父子，请原谅我的这种陈词滥调。而后来我不赞同他，是因为他开始说，这个世界需要被唤醒，需要有人指出一条路，需要一些杰出的、革命的人立足东方，放眼西方。

而他，他的眼神，一直都是指向我的。他甚至认为我已经明白，天意选中的人，人们期待着创造奇迹的人，就是我。

有时，持有这种念头的还是两个人，努巴尔和他。两个天真的老家伙，两个天真到没救的人。你将成为一个伟大的革命领袖，我的儿子！你将改变世界的面貌，我的儿子！在他们的注视下，我只剩下一个念头：逃走。换一个名字，换一片天地。要如何解释，他们对于我的这份爱，这种过度的信任和过早的崇拜，已经让我害怕，让我不知所措？要如何向他们解释，我对自己的未来另有打算？并且不比他们规划的更加卑微，我可以向您保证。我本人也想改变世界，以我的方式。当我的父亲强迫我阅读那些征服者和伟大革命者——比如亚历山大大帝和凯撒，拿破仑，孙中山和列宁——的生平时，我也有自己的偶像和英雄，他们叫巴斯德，弗洛伊德，巴甫洛夫，尤其是沙可……

另外，这也让我和祖父之间建立了联系。他是医生，不是么，并且还是神经科医生，就像沙可一样。听说有一次在瑞士时，他们两个人还曾经见过面。另外，童年时家中有一个发疯的祖母，这也加剧了我对精神病学和神经科学的兴趣。

十二岁的时候我就下定了决心，可以这么说。这是我和自己的约定，每天晚上我都在自己的卧室告诉自己一遍：我要当医生！每当父亲谈起对我的期望，我都沉默不语，丝毫不让别人感受到我真实的想法，但我的内心深处一直在狂躁地呼喊：我要当医生！我既不想当征服者，也不想当革命领袖，我想当医生！我心中唯一的犹豫，在于我学习这门科学的最终目的。有时候，我觉得自己想当医生，甚至在偏远的乡下当一名虔诚的慈善家，像史怀哲医生那样；有时候却正相反，我又想当研究员，实验员，在一间实验室里，伏在一架显微镜上。

开始的时候，我没有跟任何人提起过。我说不上这个秘密到底被我隐藏了多久。好像在两三年之后，我才跟姐姐提过那么一两句。对她我是有信心的。一方面她不会出卖我，另一方面她还可以帮助我。"确认你想要的，"她对我说，"一旦时机成熟，你就大胆去做决定好的事，不用管其他的。不用去想如何说服父亲，问问你自己到底要什么，确定这就是你想要的。我们的父亲，到了需要的时候，我会去搞定他。"

她确实把他搞定了。首先，她说服父亲在我最后的两学年里，让我上了一个真正能给我颁发毕业证书的学校。她并没有一下子就成功，但是努巴尔这次支持了她的观点，父亲最后选择了退让。另外，他也从中得到一个巨大的安慰：得益于我从家庭教师那里受到的教育，一进学校，我就轻松超越了全班同学。语言、文学、修辞、科学、历史……所有学科我都掌握得很好，这似乎更加印证了我父亲古怪想法的正确性。正是因为他，我接受到了绝对高质量的教学，然而很不幸，我把这些知识都用在了这么一个不起眼的地方！

对于高中会考的第一部分和第二部分，我不需要比别人更努力，就取得了很好的成绩，成为全国最好的那部分学生。这两部分我分别是第三十六和第三十七名。我的名字闪耀在报纸的头版。我父亲很得意。他的儿子"已经"遥遥领先于其他人了！对我来说，这样的成绩不仅促使我学习到底，更坚定了我外出求学的决心，远离家庭，远离父亲那令我难以忍受的苛求。我越来越想去蒙彼利埃，那里的医学专业是全世界最有名的之一。

这一次，又是我姐姐"搞定"了父亲。她总是有办法。她的观点是：医学是改变人类的一条理想道路；学医的人可以很快成为人们眼中的学者、智者、恩人，甚至是拯救者，能获取人们广泛的信任；一旦时机成熟，他就可以很自然地成为人们的领导者。

所以，学医是一条能实现他给我的愿望的最精巧的路线？父亲并不反对这个想法。带着他的祝福，我在七月底登上了商博良号邮轮，目的地：马赛。

贝鲁特港的建筑刚刚消失在地平线时，我就走下客舱，倒在了一张长椅上，精疲力尽，长出了一口气，闻到了自由的味道。父亲可能还认为，我是去为自己革命领袖的命运秘密地做准备了，而我却只有一个愿望：学习，学习。当然还有时不时地放松一下。但是不会再有人跟我谈革命、斗争、东方的复兴和辉煌的明天了！

我甚至还决定不看报纸。

周四晚上

　　我不想用我模糊的记忆来打断奥斯亚尼的讲述。但是，听他说话的时候，有些画面不自觉地浮现在我眼前。

　　他家的房子，用赭色的石头建在松树岭上的那座，我是知道的。虽然从来没有进去过，但我每天都坐车经过他家的栅栏，因为那正好在我上学的路上。我现在还清楚地记得那座房子的样子，它与其他任何一座房子都不一样：并不是真正的当代风格，也不是山区风格，也不是奥斯曼风格，而是各种风格的集成。然而，整体看来却十分和谐，直到现在我还这么认为……我还记得那段栅栏，平常都是关着的，但是偶尔也会打开，让一辆黑白色的达索托轿车进出。还有一个种着矮草坪的花园，从没见过孩子在那里玩耍。

　　我的记忆只能追溯到 50 年代中期，至于奥斯亚尼刚刚跟我谈到的那个时代，还十分遥远。我偶尔也从一些旧杂志或是旧艺术品目录，又或是周围人的谈话中听人提到过凯塔达尔的房子。在人们的记忆中，那是两次世界大战间歇时期黎凡特艺术生活的一处高地。那里举行过无数次开幕式、音乐会、诗歌晚会；肯定也有摄影展，我想……

　　我的谈话者对这些并没有过多提起。在他的记忆中，我们看到的这种富足只占据了一个不那么重要的地位。这些噪音震聋了他的耳朵，这些光线亮瞎了他的眼。他把自己封闭起来，梦想的只有远行。

我们第一次会面整整持续了五个小时。有时是以谈话的形式，是真正的交流，不过我很少记下我的问题；但是更多的时候是他一个人在讲，我只是把他头脑中已经存在的内容转录成文字。随后我们就在他酒店的餐厅里吃了些简餐，餐后他回到房间午休了一会儿。我本来以为他已经很疲乏了，我们或许得明天再见面，但是正相反，他建议我们当天晚上就继续聊，从六点钟开始。

来到西方生活之后，我已经没有了午休的习惯，所以我坐到一间咖啡馆里，稍微整理了一下笔记。之后我就按约定的时间敲响了他的房门。

他已经穿戴整齐，在房间里来来回回踱着步等候我的到来了。他最开始的几句话已经准备好了。

在法国，我终于可以继续自己的梦想。在自己的桌前吃饭，这可不只有象征意义。现在我还记得第一次在一个小酒馆里的平台上，坐在遮雨棚下一张桌子前的情景。那是在马赛，我刚刚下船不久，还在等着去蒙彼利埃的火车。那张桌子很小，是一块厚木头做成的，还有小折刀刻过的痕迹。我当时就觉得：这就是幸福！这就是来到别处找到的幸福！这就是不用坐在家里餐桌前的幸福！再也不会有客人妄图通过自己的巧舌如簧或见多识广来哗众取宠了，再也不用看到父亲的身影，再也没有人试图注视我的眼睛、我的盘子、我的内心。我的童年并不痛苦，哦不，应该说备受疼爱，衣食无忧。但是我总感觉一直活在别人沉重的注视下。那注视充满无限的爱和希望，但也充满了苛求。沉重，难以忍受。

在马赛的那一天，来到法国土地上的第一天，我感觉到无比轻松。三个年轻女人从我的眼前走过平台。她们穿着飘逸的长裙，戴着奇怪的船员帽子，好像刚刚参加完舞会，或者说，更像是从画里走出来的。她们有说有笑，没有一个人看过我一眼，但是我却觉得，她们如此打扮，如此招摇过市，就是为了我。

我很自信地告诉自己，很快我就会认识一个女人。比这三个更漂亮，是所有女人中最漂亮的。我们会相爱，我们会紧紧地拥抱，抱得很久。我们会手牵手地一起去海滩散步。当我结束学业，最终乘船离开时，她会靠在我的怀里，而我会低下头，轻轻地呼吸她上衣里散发出的香气。

人们觉得，八年之后我就会离开法国，坐上同一艘船，没有医学学位，但是头顶神圣革命者的光环……这是我父亲的梦想，不是我的！

到了蒙彼利埃，在医科学生当中，我很快就赢得了"刻苦钻研"的称号。我并不比其他人学习得更刻苦，但是我学得更好。我的老师们成功地教会了我什么是严密。从来不要满足于一知半解，要花费必要的时间去学习，要学会，要掌握。另外，我的记忆力也很不错。这一点，我也要归功于我的老师们，至少一部分是他们的功劳。只要是学过的，我就永远不会忘记。

我说这些并不是为了自我吹嘘。毕竟，如果我最终当不了医生，那在学业上如此出色又有什么用？我之所以提一句，是为了说明我来到这里之后，已经赢得了人们相当的尊重。我几乎就是外国来的天才，比大多数同学年轻，并且总是最好的。另外还十分亲切，总是面带微笑，还有些腼腆，算是个好同学。在这个全新的世界，说实话，没有什么能让我迷惑，这很好，但是偶尔也会有一些小小的惊奇。

我们都聊些什么？通常都是我们的课程、教授、学生，或是假期的旅行计划。我们当然也会聊聊女孩子，因为平常我们都是一群男生在一起。我会变得沉默寡言，甚至有些吃惊。我能说些什么呢？其他人都在讲述他们的艳遇，真实的或是想象的；而我却只有我的梦想，以及在那个年龄拥有的平凡的愿望。我会倾听他们，跟他们一起大笑，有时当他们固执地聊起女人的身体时，我还会脸红。

当同学们聊起"局势"时，我通常也不会介入。一些名字被他们说出来，其中的大多数都是我不熟悉的。达拉第、肖当、布鲁姆、马奇诺、齐格弗里德、佛朗哥、阿萨尼亚、斯大林、张伯伦、许士尼格、希特勒、霍尔希、贝奈斯、索古、墨索里尼……我对这个世界也有一些了解，但是我很确信，自己知道的肯定比别人少。他们对将要发生的事都是那么确定。而我，外国人，新来的，我还是多听为好。有时候我很专注，有时候又沉浸在自己的思考里，这当然跟局势的紧张程度以及谈话的内容有关。局势突然紧张，又缓和，全看那些国际会议、充满激情的演讲，尤其是军队调动的作用。

不，当然，我并非对此无动于衷。我怎么可能无动于衷？我了解其他很多事情，而我并不想让我的同学们听到。他们有自己的讨论方式，他们身在自己的国家。另外，我已经习惯了静静地听别人说。在家里的餐桌前，我身边的人都比我年长，都比我知识丰富，都比我更自信。如果我对他们谈论的话题产生了什么想法，我也只会在自己的脑袋里想一想。另外，我也很讨厌父亲突然问我："那你呢，奥斯亚尼，你怎么看？"因为这时候，像被施了什么魔法一样，我的脑子里一团漆黑，再也无法组织起合适的言语，最后只能结结巴巴地说出一些平淡无奇的话。于是客人们就继续他们的讨论了。

不过在蒙彼利埃，我有了自己擅长的领域，同学们会听我讲话，我已经赢得了一定的重视。我们谈论学业时，毕竟这是我们最主要关注的事，我的意见就是最有分量的。其他人会尊重我的意见，哪怕他们比我年长。当我们谈论的是生物学或是化学时，一个外国人和一个本国人就没有什么区别了。

我有没有因为自己是一个外国人而受到困扰？说实话，没有。如果我给您这个印象，那一定是因为我表达得不够准确。外国人，这是我生命中的一个事实，我应该重视它。就像我是男人而不是女人，是二十岁而不是十岁或六十岁一样。人不应该厌恶自己。这也要求我可以说、可以做一些事，而不去说、不去做另外一些事。我有自己的出身、历史、语言、秘密、无数值得骄傲的事，可能也有我独特的魅力。不，外国人的身份并不会让我感到不自在，让我感到幸福的恰恰就是不在自己的国家。

我有时会怀念祖国，这是肯定的，但是并不包括家里的房子。我一点都不着急回到那里，不过第一个夏天我确实应该回去住上一两个月。等到假期临近的时候，我写信给父亲，告诉他我想去摩洛哥和阿尔及利亚看一看，探索一下这些就在身边的国度，因为我并不满足于仅仅通过书籍或图画来了解它们。结果，那次计划也没有成行。因为健康问题，我不得不在自己的房间里待上整个夏天。

事实上，我得的是一些很奇怪的毛病。开始有些咳嗽，有时候在夜里会觉得呼吸困难。医生也不知道是怎么回事。他们一会儿说是哮喘，一会儿又说是肺结核。他们完全不能理解，我来到法国之前完全没有这些问题。他们甚至还讨论过，所有这些是不是我假装出来的。

这不是假装的。不，根本不是，您会明白的。但是，还是让我继续回忆一下当时的年表吧，很快就好。慕尼黑，1938年9月，战争已经远离了；布拉格，1939年3月，战争逐渐靠近了。随后不再有人怀疑，而我身旁大多数年轻人争先恐后地称赞自己军队的强大，鄙视敌人的无能，认为他们就像瘪掉的气球一样。这时候说些别的话，是不合时宜的。

我本人当时想不想说些别的？诚实地讲，没有，那时候还没有。我承认，听到他们这样说我也很高兴，很愿意分享他们的自信。正如他们一样，我也很有信心。正如他们一样，当1940年6月德国人入侵时，我也流下了眼泪。我很沮丧。突然间，我不再是一个外国人，一点也不是。这是一场葬礼，而我已经成了逝者的家庭成员。我哭了，我试图去安慰其他人，而他们同时也来安慰我。

贝当演讲时，我们都认真地听着。他的话说得很笼统：事情变得很糟糕，我们所有人都经历了一个残酷的考验，但是我们会尽力避免最坏的结果。我们理解的大概也就是这个意思了。

至于戴高乐，我在6月著名的这一天里并没有听到他的召唤，我的朋友们也没有一个人听到。不过很快我们就见识到了他本人，好像就在第二天。我们觉得当时并没有什么选择的余地。一方面，应该避免可能发生的进一步的崩溃，如此说来，和胜利者周旋一段时间，静待时机似乎更好——这就是贝当所做的；另一方面，要为即将到来的复仇做准备，借助同盟国的帮助，不和解，不妥协——

这就是戴高乐在伦敦所做的。这样的观点多少让我们这些悲伤的人们看到一丝希望。这种观点持续了多久？对有些人来说，四年；对另一些人来说，几天。

对我来说，持续了一季，也就是那个夏天，一直到 10 月。我还能记起那次改变了我人生轨迹的意外事件。那是在蒙彼利埃的一家酒馆里，"在阿尔萨斯的山中"，人们喝着啤酒进行一场讨论。我本来可以再一次充当一个沉默的听众，但是那一天我没能让自己不发表意见。只是多说了一句，多看了一眼，多喝了一杯，就让我们知道了命运是多么狡诈！

当时我们有六七个人围坐在桌子前。也就不久前，维希政权颁布了犹太人地位法，其中规定了犹太人必须被驱逐出去的一些领域——比如教育。一个学生开始解释这条法律是多么的英明。我还能记起这个人，记起他的样子，他比我们年纪都大，下巴上留着一缕山羊胡，走路的时候总是挂着一根拐杖。他并不是我经常交往的朋友之一，但是课后偶尔也会加入我们。在他看来，德国人曾经要求贝当准许他们进入"自由区"去"处理"生活在那里的犹太人，而元帅预感到他们将有动作，于是率先亲自公布了这项法令，让他们措手不及。

这个年轻人对自己的分析十分满意，一口气喝掉了杯里的酒，动了动手指又点了一杯。然后他转向我，目不转睛地盯着我。为什么是我？我并没坐在他对面，但是我眼中的一些东西可能让他不满意了。"你怎么想呢，凯塔达尔？我们从来没有听你说过话！说说吧，哪怕就一次，承认这法律是英明的吧！"

其他人也开始看着我，眼神里带着坚持，包括和我最亲近的同学。他们也很想知道，在我的沉默之下，隐藏的究竟是什么。所以，为了不显得太没面子，我开口了，"就一次"。我用了最谦卑的语气，说出了大概是下面这段话："如果我理解的没错的话，这就好像现在有一个人拿着棍子进了这家酒馆，想要把你打晕。我看到他走过来，于是抓起这个瓶子，把你的脑袋敲碎了。这人看到在这儿没什么可做的，就耸耸肩走开了。这一回合就此过去。"

我说话的时候一点都没有笑，语气还十分顺从和犹豫，就像学生回答老师的提问那样，所以我的对话者并没有立刻听出来我在讽刺他。他甚至还回应说："是的，非常好，差不多就是这样……"而我身边的人开始放声大笑。这时他的脸才红了，双手在桌子上攥紧。不过我们并没有打架，没有。他只是骂了两句脏话，然后粗暴地动了动凳子，转过后背对着我。而我不久之后也离开了。

不过是几个淘气孩子之间的拌嘴，不是么？但是我却感到十分震惊。我甚至觉得我的话像是被大喇叭传了出去，整个城市都听到了。

如果是其他人，可能会觉得在口无遮拦之后心情无比轻松，就像人们常说的那样，但我不是！我很愤怒，对自己感到愤怒。我经常这样，自己和自己。我沉默了那么久，甚至都忘了说话是什么感觉；而突然之间，口中的大坝坍塌了，我把一切都倾倒了出来，一切我保留了那么久的东西，这抑制不住的长篇大论让我在闭嘴之前就已经开始后悔了。

那一天，在蒙彼利埃的街道上，我不停地教训自己。我应该懂得控制自己！我应该懂得掌握自己的情绪！尤其是在战争时期，所有人都绝望和失控的时候。我走在城市里，再也看不见其他东西，看不到其他人，只是不断品味着自己的后悔。

我租住了一间阁楼，阁楼的屋顶很宽敞，只是没有精心整理过。房东好像叫什么贝华夫人。爬上数不清的楼梯，把巨大的钥匙塞进锁眼里转动的那一刻，我还在不停地教训自己。我再也不会进那家酒馆！我再也不会卷入类似的争吵！我难道不是发过誓，要把所有的时间都投入学业，不去关心任何其他事情么？忘记自己身处异国他乡，这真是个天大的错误。而且这个国家已经战败，一大半被占领了，还被瞧不起，前途渺茫。

我发疯似地打开了细胞学课本，决定用学习来忘掉一切，这时突然有人来敲门。这个人我曾在"在阿尔萨斯的山中"注意到了，他当时坐在邻桌，和老板的儿子一起。"我一直跟着您，"他说，"从酒馆开始。"他还真是够坦诚的。"我听到了你们的讨论。请原谅我，我当时就在旁边，而你们也太大声了。这个话题我很感兴趣……这个话题让我们两个人都很感兴趣，我想。"

我什么都没说，我还保持着戒备。我观察着他，他的脸很消瘦，头发乌黑，但是没有好好梳理，中间还有一绺头发脱离出来，就像一顶鸡冠；还有一支黄纸的香烟，没有点着，他一会儿在手指间揉来揉去，一会儿又放到嘴边轻轻地咬。我当时二十一岁，他看起来三十来岁。

"您刚才说的那些话，如果是换我来说，我也会用同样的方式回应，一字不差。"他的脸上闪过一个微笑，很开心，但是一闪而过。"只是，我选择不说话，至少在公共场合不说。那些唱高调的人，往往不会行动。在这个困难的时期，要权衡自己的言论，要知道这些话可以对谁说，要时刻清楚自己要什么、去哪里。一切还都有可能，我们什么都没有失去。只要我们能团结一致，并且小心谨慎。"

他向我伸出了手，我介绍了自己。

"我的名字是凯塔达尔。"

"叫我贝特朗！"

他久久握着我的手，就像和我定下了一个秘密的约定。随后他打开门准备出去：

"我会再来找你的。"

他并没有跟我说太多东西，但是他这次简短的拜访，却成为了我加入抵抗运动的开端。另外，您知道哪句话最珍贵，让我直到今天还清楚记得，甚至连语调都没有忘记的么？"叫我贝特朗！"我告诉了他我的真名，而他给我的只是一个化名。从表面看，他有所隐瞒；而事实上正好相反，他没有丝毫掩饰。他的"叫我……"要告诉我的是，这就是战时的一个化名而已，在其他人面前，就这么称呼我，好像这是我的真名一样；但是对于你，因为你已经是自己人了，我没有必要把这个谎言说得跟真的一样。

虽然我还什么都没有做，但是我感觉自己已经脱胎换骨了。我走在路上的感觉已经和以往不同了，我看别人和别人看我的样子不一样了，我说话的方式也不一样了。每天课程结束后，我只有一件急事，那就是回到阁楼里，等着贝特朗。每次听到楼梯上的脚步声，我都要去门口看一下。

我没有等太久，第三天他就来了。他坐在房间里唯一的那把椅子上，而我坐在床上。"消息并不算太糟糕，"他对我说，"英国的飞行员们创造了奇迹。"他给我列举了一些受损设施的数据，这让我们两个人心情不错。他还告诉我，英国人轰炸了瑟堡，而这并不让他完全满意。"军事上来说，这无疑是必要的。但是不应该让我们的民众搞错敌人是谁。"随后他问了我几个问题，关于我的出身，我的想法，很慎重。我知道这是一种入门考验，但他一直都像和朋友谈话那样，让人感觉他只是想加深相互的了解而已。

我的一个回答让他跳了起来，可能是我的表达方式不太恰当吧。我告诉他，我对德国人和法国人之间无尽的争斗没什么兴趣，或者，不管怎么说，这也并不足以让我热血沸腾。在我们家的传统中，我们都是同时学习法语和德语的，这从我的曾曾祖父娶了一个巴伐利亚的女冒险家开始，我们对这两国的文化同样尊重。我想我甚至还说——当然有些不能完全反映我的想法，可能有点言过其实——占领和占领者这些词汇在我身上，并不会像在一个法国人身上那样自然地产生抵抗情绪。我来自的那个地区，从历史上来看，就是不断被不同势力占领的，并且我的祖先也曾经占领了地中海盆地的绝大部分地区长达几个世纪。而我所憎恨的，是种族仇恨和歧视。我的父亲是土耳其人，母亲是亚美尼亚人，他们在大屠杀中还能牵手走过，那是因为他们拒绝仇恨。我继承了这一点。这就是我的祖国。我憎恨纳粹，并不是从他们入侵法国开始，而是从他们占领了德国开始。不管他们在法国、俄国，还是在我自己的国家出现，我都会同样憎恨。

贝特朗已经站起身来，第二次紧紧地握了我的手。但是他只是低声地说了句简单的"我懂了！"说话的时候也没有看我，好像在向一个无形的上级汇报情况。

他始终没有告诉我他是干什么的，也没有谈到过他的组织，如果他有的话。同样，他也没有说过希望我做什么。这一次他没有告诉我，他是否会回来找我。

您看到了，我加入抵抗运动的时候，是多么的漫不经心。

他一个月之后又出现了。就在我很礼貌地责怪他为什么这么久没有消息时，他的脸上露出了一个满意的微笑，随后他从口袋里掏出一个装着青色纸片的盒子。我当时还不知道，人们称这些纸片为蝴蝶。他从中拿出一张给我看，上面只是简单地写道："11月1日，自由法国的飞行员击落了一架德国水上飞机。您站在哪一边？"在右下角，署名是"自由！"，惊叹号和文字一起放在括号里，让人们明白这不只是一声呼喊，同时也是一个签名。

"你怎么看？"

就在我组织词汇的时候，他很快补充说：

"这才只是个开始。"

随后他向我解释，我应该用什么样的方式继续进行下去。小心地把这些纸片丢进信箱，或是塞到门下面，总之什么地方都可以。但是不要进学校，现在还不是时候，也不要在自己的街区，以免引起怀疑。我应该把这第一项任务当成是一次培训。重要的是不要让自己被发现。"这里有一百张蝴蝶，把它们装进口袋里，全部分发出去，记住一张也不要带到你住的地方。当然你也可以留一张，只一张，把它弄脏，装作是你从街上捡到的。但是永远不要带着一盒子蝴蝶回家。如果你没能分发出去，那就扔掉。"

我严格按照他的指导行事，所以事情进展得不算坏。有好几次，贝特朗给我带来蝴蝶，或是内容更为丰富的传单。我需要分发出去，或者贴在墙上。我并不太喜欢这种行动，因为贴传单需要胶水，不论我们多么灵活和细致，胶水还是会粘到处都是，手上、衣服上。如果我们被抓住，我们身上就有现成的罪证，让人很容易看出来。我不太喜欢，但是我也并不反感做这些。在宣传领域，我几乎什么样的行动都参与过，包括偷偷用粉笔在城市的墙壁上写标语。同样，这也会留下痕迹，在我们的手上，还有口袋里。

记得刚来到法国的时候，我曾经承诺过连报纸都不看！我这个誓发得太快了。按照我的出身、我接受的教育，我不可能对周围发生的事无动于衷。但是这也是有条件的。因此，经过酒馆里那次争吵之后，我就已经下定决心，我说过了，今后我再也不会让自己卷入类似的讨论，我已经准备好采取更为庄重的行动……这时贝特朗出现了。巧合，不是么？或者，如果我们愿意的话，可以称之为天意。他本有可能不出现在那里，而我接下来的几个月也会继续专注于学业。但恰巧他就在那里，在那家酒馆，坐在我们的邻桌，又恰巧听到了我们的谈话，然后跟踪了我，并且找到了合适的理由，把我"拉入伙"。一切都不慌不忙。如果当时他直接就问我愿不愿意加入，我可能会思考一会儿，最后选择拒绝。但是他太精明了，从来都没有让我明确地给自己提出这个问题：我要加入这样的抵抗组织么？

和他在一起，一切都被难以察觉的力量推向前进。有一天，当我的功劳簿里已经记下了一系列小型行动时，他来到我家，我们随便聊了聊，然后准备离开的时候，他对我说："当我对其他同志提起你的时候，最好不用你的真实姓名。你想让我们怎么称呼你？"他看起来像是在脑子里搜索一个合适的名字。事实上，他也在等待我的提议。我说："巴库。"就这样我有了战时的名字。

巴库，是的，和那座城市同名，但是和它没有一点关系。事实上，这是我的外祖父努巴尔给我起的一个爱称。只有他知道，其他任何人都不知道。最开始的时候，他称我为"阿巴卡"，在亚美尼亚语中，这是"未来"的意思。这表达了他对我的未来充满希望。连他也这样！随后，经过一个又一个人的误读，这个名字最终变成了"巴库"。

现在，在贝特朗领导的组织里，所有人都有了自己战时的名字，以及详细的分工。经历了最初蝴蝶和标语的时代后，我们到达了一个更高级的阶段，很快我们就有了自己的报纸，真正的报纸，每个月都会编写、印刷和发送。如果发生的事件很多，发行可能会更加频繁。

报纸的名称：**自由**！这也是组织的名字。在那个昏暗而又沉闷的年代，我们需要打出最闪亮的旗号。

第一期的时候，我要去里昂市中心一座豪华的公寓里取货，一个同志陪着我。布鲁诺，酒馆老板的儿子，一个身材高大魁梧的年轻人，过早地谢顶，鼻子塌陷像个拳击手。走在他身边，让我有一种难以解释的安全感。

从第二期开始，我们找到了另外一种送货方式。一辆运送啤酒的货车会把成捆的报纸运到"在阿尔萨斯的山中"。这真的很巧妙。我们来到酒馆，我说的是"我们"，因为除了我以外，贝特朗在蒙彼利埃另外征召了三名学生。这是个很有效率的小队，但是很快我们就要分散了。我们来到酒馆，布鲁诺给我们发出信号，我们就进到酒窖里，每人拿上三十或五十份报纸，然后若无其事地走出去。

这个巧妙的系统完美地运转了一年多，没有遇到什么意外和问题。在大学里，甚至在城里各处，我都听人们提到了《自由！》，听他们评论里面的文章，并相互询问彼此的信箱里是不是收到了最新的一期。舆论环境变了，我们能感觉到。贝当仍然受到大多数人的尊重，但是这份尊重并不包括他的政权，以及他的部长们。那些还想维护他的人也只好说，他现在已经没有行动自由了。他的高龄和不合适的政府部门也成为他误入歧途的借口……

我很确信，除了我们小队里的人，没有任何人对我们的行动产生过怀疑。直到有一天，在我按照惯例到达"在阿尔萨斯的山中"准备取走最新一期报纸时，我发现运啤酒的货车被三辆宪兵队的车包围了。戴着法国军帽的军人来来去去地搬运成捆的报纸。酒馆面对的是一个种满了法国梧桐的小广场，天气好的时候老板还会在树下摆上几张桌子。有六条不同的路通到这里。作为最基本的预防措施，我总是避免从同一条路过来。

那一天，我选择的那条路出口离酒馆比较远，这让我能及时注意到那里发生的事，并在没被人发现之前折返。我径直朝着家的方向走去。刚开始的时候还是慢慢地走，随后我就加快了脚步，甚至还慢跑了起来。

在我的身上，除了恐惧，除了失败的苦涩，还有一种犯罪的感觉。在类似的情况下，我们都会有这种感觉，但是那一天在我的身上，已经不仅是一种强烈的感觉。我不停地想，宪兵是不是发现并且跟踪了我，是不是因为我的错误，才让酒馆这个秘密站点被发现。

为什么是我？因为几个星期之前曾经发生了一次意外事件，当时让我很不安，但是随后我就决定不用太在意。

有一天下午，刚刚离开家门，我就和一个穿制服的宪兵碰了个面对面，很明显他当时正在巡逻，看到我的时候，他显得很慌张，并且试图藏在楼梯下面。我当时很吃惊，琢磨着要不要保持警惕，但我最后还是耸了耸肩，既没有告诉布鲁诺，也没有告诉贝特朗。现在我后悔了，这件事对我甚至成为了一种实实在在的折磨。

所以，那一天离开酒馆之后，我不自觉地朝着我租房的街区走去，那里离喜剧广场不远，在蒙彼利埃，人们都管它叫"蛋形"广场。

但是这真的是我最好的选择么？实际上，我应该有三种方式来应对。

我可以立刻消失，冲到火车站，坐上最早的一趟火车，逃跑，哪怕没有具体的目的地，也比被人抓住要好。

我也可以十分冷血地回到我的房间，毁掉一切能出卖我的文件，然后恢复正常的生活，祈祷没有人会提起我的名字，也祈祷自己可以安心度日。

最后还有一个折中的办法：回到我的房间，把一切整理好，带上一些可能会用得到的个人用品，告诉房东贝华夫人，乡下的几个朋友邀请我过去住几天，这样我就可以名正言顺地离开一段时间，过几天回来的时候，也不会让人怀疑我是突然间消失的。

我最终选择了最后一种策略——介于恐慌和极度自信之间的态度。我在路上弯弯曲曲地绕了一会儿，好让跟踪我的人不那么轻松。准确地说，我围着"蛋形"广场绕了很久……

在离我家不远的地方，我看到一个穿制服的宪兵冲进了楼里。我正好有时间把他认出来，因为他的脸上有一道褐色的刀疤，从下颌一直到眼角。就是上次遇到的那个宪兵！我转过身，径直朝火车站走去。

能去哪儿？我的脑子里只有一个地址。里昂那间豪华的公寓，也就是几个月之前，我和布鲁诺一起去取报纸的地方。一对年轻的夫妇住在那里，丹尼尔和爱德华。如果运气好的话，他们应该还住在那儿，并且可以帮我和贝特朗或者组织里的其他人取得联系。

当天晚上我敲响房门的时候，应该已经九点钟了。男人把我让进门，但是动作显得有些尴尬。我向他提起了我们上一次见面的情形，并且解释了刚刚发生的变故。他礼貌地点点头，不过看起来很生硬，他很担心我有没有被人跟踪。对于我的回答："我感觉并没有人跟踪"，他的表情就像是在说："感觉没人跟踪并不够！"他的夫人，丹尼尔，立刻加入进来，她显得和气多了："没必要疑神疑鬼，一切都会好起来的。您还没有吃晚饭吧，我想……"餐桌旁一共有三个人：我的两位主人，还有一位年轻的女孩。

女孩介绍了自己。她的名字是一个复合词，还被她念错了，很明显这是她战时的化名。接下来轮到我自我介绍了："巴库。"

"很好听的名字，巴库。"我们的女主人说道。

"我外祖父给我选的名字，是'未来'这个词的昵称。他坚信只要不停重复这个词，他就能哄骗天意，给我准备一个最美好的未来。"

"您的意思是，这是您真正的名字？"另一位客人很吃惊。

"不，名字是假名，但我的故事是真的。"

他们直直地盯了我几秒钟，之后我们都开心地笑了。随后客人说："我有几个月没有笑过了。"

说着这句话的时候，她还在笑，但是另外两位已经突然不笑了。

一直到晚餐结束，我们的话题一直围绕着当前的中心事件：塞瓦斯托波尔战役，以及柏林方面宣布，城里苏联人的一切抵抗都已经停止了。我的两位主人认为，尽管德国人还在推进，并且开拓了东方战线，但是美国人加入了战争，其影响很快就能显现出来，这让所有人都可以对未来抱有希望。听他们说了几句话之后，我觉得我能猜出来，他们几个都带有共产主义色彩。这让我有些吃惊：我们共同的朋友，贝特朗，是戴高乐派的，天主教徒，每次提起共产主义者，总是带着一丝不信任。

晚餐快结束的时候，爱德华已经先回了房间，丹尼尔则带我去看了我睡觉的屋子。床上已经放了一件他丈夫的睡衣，还有一条干净的浴巾。随后她向我和另一位客人提议：一起去客厅喝一杯白兰地。

这个年轻的女孩让我很好奇。她很瘦，乌黑的短发，绿色的眼睛很明亮，周围还有些许皱纹，每次她一笑，两只眼睛就会眯成一条缝。她的脸看上去很年轻，很光滑，但是在两眼周围，特别是当眼睛闭上的时候，就会出现两束细纹，就像是被分成两半的太阳发出的光线一样。我努力让自己不时刻盯着她看，但是想要把目光转向别处也不太容易。我不停地从她的眼睛看向她的头发，再从她的头发回到她的眼睛。她的身上散发出的感觉，让人既安心，又觉得甜美。

她的法语说得很正确，不过口音比我更重，我没办法猜出她从哪里来。我特别想问问她，她究竟是谁，从哪里来，为什么会出现在里昂的这间公寓里。但是在当时的处境中，我们不会问这样的问题。我们会谈论战争的发展、民意的情况、抵抗的精神、一些精彩的行动，但是涉及到我们个人的情况时，我们只是满足于抛出一个战时的化名而已。然后就是根据每个人说的话，以及他的口音，猜测他从哪里来：国家、地区、阶层、族群。

我们聊到了北非的战役，根据最新的消息，墨索里尼已经准备好以胜利者的姿态进入埃及。我们的女主人已经打了一会儿哈欠了，这时她起身告辞："你们不用马上去睡觉，慢慢地喝完吧。"

她离开了，而我们两个人竟然突然没话说了。没有办法再继续刚才的话题。于是我像读书一样一本正经地说道：

"丹尼尔离开的时候，不小心把我们的谈话一起带走了。"

我听到桌边的朋友也发出了同样的笑声。既高兴又伤心，既放松又克制。啊，那是宇宙中最动听的音乐！还有她那被笑容吞没的眼睛！

"您在想什么？"她突然问我。

如果我直白地回答"在想你！"，那得显得我多么厚颜无耻啊，最好还是迂回一下吧：

"我正在诅咒这场战争。如果我们能坐在这个客厅里，喝着美味的白兰地，随便聊聊什么的，而不用去想外面发生的这场噩梦，不用担惊受怕，不用被人追捕……"

"您知道么，"她对我说，"如果我们两个不是被人追捕，我们就不会在这里，在这间公寓，一起喝着白兰地。"

我们沉默了。我低下头，因为现在是她在打量我了。我的眼睛只能盯着高脚杯里剩下的一点棕色的酒水。

突然我听到了这些话，很简单。

"我的真名叫克拉拉，克拉拉·艾默登。"

在这样的情况下听到这些话，要怎么解释这对我的意义？在违背了谨慎原则的同时，我们两个人进入了第二层的秘密状态，只在我们之间私下的。我们两个人都深陷在自己的沙发里，但是通过思想，再加上眼神交流，我们已经紧紧地靠在了一起。

接下来轮到我揭示我的真名了，我的全名。还有我的家庭、出身、学业、志向，这些我从来没有对任何人说过，甚至包括我自己。这是真的，有些东西本来是深深埋藏在我心底的，那一夜，我在跟她聊天时，才把这些发掘出来。

之后她也对我讲了很多。关于她的童年，她出生的城市——奥地利的格拉茨，她的家庭。一开始，我们都开心地笑，任由思绪带着我们徜徉在回忆中。所有那些爱好奇特、工作不体面的先人们；所有那些让人向往的遥远城市：卢布林、敖德萨、维特兹、比尔森，或是梅梅尔。但是突然间，她开始说其他的事，其他的地方。不是那些居住或是移民的地方，而是通往黑暗的终点。旅行到那里就停止了。公路不再是从乡村通向城市的，火车也不是从一个车站开到另一个的。地理的概念已经模糊了，我已经不能再定位到具体的地点，也不能再看清楚那些面孔。我能想象的只有一群穿制服的人，以及另一群穿囚服的人，与周围的钢板和铁丝网组成了一道奇特的风景。

克拉拉和所有的家人都失去了联系。

不能认为我们当时不知道集中营的存在。我们的报纸《自由！》就不断揭露大搜捕和大屠杀。我们知道很多。我甚至想说我们全都知道。全部，但除了最重要的。全部，但除了集中营这个不可触及的东西，除了这个把一切汇聚在一起的地方，这是我们猜测不到的。它太可怕了，即使从纳粹的角度去考虑：完全彻底的种族灭绝。就算克拉拉已经经历过那么多事情，也没办法谈到这个话题。她只提到了一种迫害，比历史上任何一个时期都更为野蛮的迫害，但是她也没办法称之为"彻底的解决"。一个人的身上要有多可怕的东西，才能哪怕只是想象到类似事情的存在。

她失去了所有家人。失去，但是意义有所不同：有一些过世了，另外一些被分散关押到了这些恐怖的地方……或许有些人能活着离开吧，她总是这么希望。

当她的家人被逮捕时，她本人正在一个天主教徒朋友的家里。朋友把她藏了起来，随后成功帮助她逃到了瑞士。

毫发无损地到了瑞士。她在那里绝对安全，但她选择来里昂。一想到她最亲近的家人中有些人在战斗，有些人在死去，而她却躲在暗处，她就觉得心中无法承受。她联系了我们组织中的某个人，在他的安排下，顺利抵达了里昂。

我们相遇的那个晚上，她其实正等着自己的身份证件。那么她要去哪里？要去参加什么行动？这就绝对是秘密了。关于过去，一切都可以谈，但是关于未来，什么都不能说。不过有一点是很明显的：她从自由的瑞士来到法国，就是为了参加战斗。

"明天就会有人来见我，给我身份证件。我想他应该也愿意问您几个问题，然后给您准备证件。好像人们都叫他'假证雅克'。"

当他早上七点敲门的时候，克拉拉和我还在聊天。我们两个人谁都没有离开过沙发。

　　来人希望和我们单独见面。她很快就离开了。我们像同志一样把脸颊贴了两下当作告别，再加上一句含糊的"再见"，却不知道是不是还有这个机会。

假证雅克希望给我拍一张照片，并且了解一些细节，以便给我设定新的身份。除了年龄和其他身体因素之外，举个例子，还包括口音，以及学业，这些也都是必须考虑的。另外他还问我是不是受过割礼。

他在一个本子上记了些笔记，然后就消失了。三天之后，他再次出现，带来了我的证件，以及关于我借用的身份的详细说明。他让我 1919 年出生在贝鲁特，父亲是一名法军军官，母亲是穆斯林，这让我身上的几个特殊之处说得通了。姓，皮卡尔；名，皮埃尔·艾米利。最为天才之处，就是他给我选择的职业：电气工程师，更准确地说，是"医疗设备修理员"。他还给我找了一个雇主，那是图卢兹的一个生产商，主要为医院和诊所提供电子医疗设备。他早已加入了抵抗运动，随时可以宣布我是他的雇员，并且住在他那里。而我的工作要求我不停地去见客户，活动范围在整个法国中部地区，工作内容包括设备的修理、例行检查和维护。这个掩护身份很精巧，但也需要更有说服力，于是我去见了我的老板，他向我传授了有关设备运转的专业知识，要求我把使用指南烂熟于心。

这个掩护身份是贝特朗亲自想出来的。看起来他对我在蒙彼利埃的行动印象深刻，并且十分满意我在面对困难时的应对方法，于是他认为我完全符合联络官这一角色的要求，简单地说就是信使。

在组织的全国领导人、地区负责人以及独立的抵抗分队之间，需要建立起顺畅的沟通渠道，传递命令、指示、要求、情报、文件、假证等等，有时候，当然十分少见，也会有一把手持的武器或是一个弹夹，所以我们需要一定数量可信的、不知疲倦又机灵的年轻人。而我符合这所有的要求，所以贝特朗想到了这个理想的掩护身份。这样，我就可以整年在国内来来回回，带着一个装满说明书和使用指南的公文包。为了以防万一，我每次出门都会找一个诊所，检查里面的设备。很多情况下，我甚至还要真正地去修理机器。

我应该说，我的这套系统运转得非常好。每次有重要信件的时候，人们总是会交给我，交给巴库。

不，不是皮卡尔，是巴库。另外那个，是我官方的名字。在公共场合，人们会很小心地这么称呼我。但是当人们在组织内谈论我，或是在文件中提到我，尤其不能出现的就是皮卡尔，所以没人知道皮卡尔就是巴库，传奇般的巴库。

这么说是些开玩笑的意思，但是在我们的小圈子里，确实流传着这样一个传奇故事：巴库能把任何信件送到任何一个目的地，他可以穿过任何一个检查站和哨卡，嘴里叼着一枝花，就像伽弗洛什（雨果在《悲惨世界》中描写的流浪儿）那样。

之所以这样说，我是想把我那些所谓的功绩还原成应有的样子。我从来没有参加过真正的战斗，一次都没有；我身上也从来没有装备过武器，这只会让我出行的时候风险更大。这也是为什么您昨天问我有没有"拿起过武器"的时候，我不能问心无愧地说

"是"，甚至也不能说"参加过游击队"，这些词都是不确切的。我倒是真的坐了很多次火车！有时候我甚至觉得，我就是在火车上度过战争时期的，带着我的公文包。我是个邮递员，或者是某种意义上的送货人，躲在暗处的信使。

"我所做的是有用的，"我想，"虽然很卑微，但是对我来说是合适的。"尽管不符合我父亲的期待，但我确实没有成为"领袖"，也没能当上英雄。我只是个用心的、认真的男孩，其他什么都不是，抵抗运动中一个做苦工的而已，这也是需要的，您知道。

如果您对此感到失望，我也能理解。其他很多人能给您讲更加精彩的故事。而我，我只有一次被卷入了真正精彩的行动中，那也是当时最为英勇的一次壮举，不过我只是一个受益者而已，完全没有发挥任何作用。这也是为什么我请您不要把这次行动算在我的功劳里。

那是 1943 年的 10 月。我已经做了十五个月的"信使"，没有出过任何意外。我在马赛见过贝特朗之后，他交给我一封信，要紧急送到里昂，交给一位近期加入抵抗运动的原参谋部军官。我很确信，这封信来自阿尔及尔，而当时戴高乐将军就在那里。

抵达指定地点的时候，我并没有发现什么让人担心的情况，所以我上了楼梯。楼梯上铺着波尔多红地毯，而我在上面发现了一些泥渍。这也没什么不正常的，因为白天的时候刚下过雨。不过根据经验，我还是采取了预防措施，就像偶尔必要的时候那样。军官住在三层。我在二层停了下来，从公文包里取出信件，塞到了门垫下面；等我确定"前路安全"之后，我用十秒钟就能把信再取回来。

但是眼下并不安全。给我开门的人穿着军装，手里还有一把手枪。

"请问医生在么？"

"哪个医生？"

"乐费雷医生。我是来修心动描计器的，他正在等我。"

"这儿没有乐费雷医生。"

"啊，是么，他们告诉我就是十号啊，三层。"

"这里是八号。"

"抱歉，我可能搞错了……"

我本来以为就此可以脱身了，哪怕那个人让我把包打开。我知道里面没有任何会连累我的东西。他睡意朦胧地随便翻了翻说明书，这时里面有一个声音喊道："带他进来！"

我差一点就试图逃跑了。但是装无辜装到底可能才是更理智的选择。我走了进去。我要来见的军官坐在沙发上，双手被捆着，一把手枪的枪口顶在他的脖子上。

"你认识他么？"

"不，我从来没见过他。"

他说的是实话。有可能他根本就没有在等我，并且对我只有一点模糊的了解。不论如何，我终归敲了他的门，而士兵们可不愿意相信这只是一次单纯的误会。

人们把军官和我带到了一座监狱，里面已经关押三十多个人了。我认识其中的几个，但是我装出不认识任何人的样子，我完全是无辜的。我们落到了盖世太保的手里。

我等着他们的例行审讯，不断询问自己任何人在这种情况下都会自问的问题，也是我从加入秘密行动以来问过上千遍的问题：我能挺过酷刑，什么都不说么？能不招认出我知道的那十几处地点，避免我们的组织完全被摧毁，几百名同志因此被捕么？突然，我的记忆，这个在我的生命中一直以珍贵盟友身份存在的东西，变成了一个敌人。我多么想要浇灭自己的想法，或者清空记忆，将它彻底抛弃！

我只剩一条底线：否认一切。我是医疗器械修理师，这就是全部。因为停电，这些设备经常出故障，我有很多工作要做。当然，他们可以去图卢兹找到我的老板，然后试图从他的嘴里得到有用的东西。但是我也不是什么重要人物，好像也不用从我这里向上追溯那么远。

我在监狱睡了一夜。第二天下午，有人命令我们当中的十五个人登上一辆军用货车，我想他们是要把我们带到受审的地方。但是我们没能到达那里。

就在我们出发几分钟之后，周围突然听到了一声枪响。货车被抵抗组织袭击了，就在里昂的市中心。几天之后我可能会了解到更多的细节。但是当时，我只记得周围都是密集的枪声，货车的门被打开，一个声音喊道："你们自由了，出来吧！快跑吧！赶紧散开！"我出来了，我跑了，每跑一步都担心被扫射的子弹击中。但是没有扫射。我先在一个教堂里躲了一会儿，然后走上了一条人流密集的街道。我逃出来了，至少暂时是。他们拿走了我所有的证件，我不知道现在能去哪个地址，而不让我的联系人因此陷入危险之中。

幸运的是，拿着在袜子里藏的一点钱，我推开了一家小饭馆的门，准备好好地吃一顿。我告诉自己，肚子吃饱之后，前途就不会那么昏暗了。

我是唯一一个客人，因为当时不是吃饭的时间，对于午饭来说太晚了，而对于晚饭又早了一点。不过我还是在门口的餐具柜上拿了一份菜单，走进了饭馆。老板朝我走过来的时候，我已经挑了三个名字看起来不错的菜了。

"我想吃晚饭，是不是来得太早了？"

"我们是开着门的。"

"很好，我想点……"

我很高兴地列举着那些吸引我的甜食。老板一直在听我说，没有打断我，但是也什么都没有记下来。他露出了满意的微笑，好像一提到这些菜的名字就让他非常开心。当我点完菜的时候，他还在那里，带着同样的微笑。为了催他快点上菜，我清了清嗓子，说道：

"就是这些了！"

那人跳了起来，站直了，好像他要立正，向长官汇报一样：

"我已经有四天没开张了，现在只有扁豆汤和一些硬面包。"

他看上去那么伤心，我觉得自己有责任安慰安慰他：

"非常好，一份汤，这正是我想要的。"

不论如何，我也不会起身离开的！

汤端上来的时候还冒着热气。我闻了闻味道，我尝了第一口。扁豆，没错，但是不是随便什么扁豆，是孜然扁豆！满满地撒上了一层孜然，就像我们在家里做的那样。这很奇怪，我心想。这有可能是里昂当地的烹饪法么？不可能，这个味道不会错，我非常清楚它来自哪里，我甚至想问一问老板。我都已经准备叫老板过来了，但立刻就改变了主意。我能对他说什么？告诉他我在他的汤里尝到了家乡的味道？那我的家乡又是哪里？我什么时候离开的？来到里昂多久了？哦不，这绝对不行。对于我这样一个没有证件的逃犯，有一件事情是必须避免的，那就是和一个陌生人聊天！尤其是关于我身份的话题！所以我把问题都吞到肚子里，专心地品尝这份汤，并且把干面包泡进汤里。

老板离开了，一小会儿之后，他的妻子来收走了我的盘子。我把汤吃得干干净净，连盘子都擦得闪亮了。她把盘子拿走了，什么都没有问，就把它盛满又端了回来。

"谢谢。这很好吃！"

"这是我家乡村子里的烹饪方法。"她说。

天哪！她和我的口音完全一样！旧世界的口音！我多想问问她，她说的究竟是哪个村子。不，我没有这个权力，我必须克制自己。所以我又用最中性的语气重复了一遍：

"谢谢。这很好吃！"

很快我又开始喝汤了。我的眼睛盯着盘子，等着她回到厨房去。但是她没有动。她一直站在那，打量着我。我很确定，她什么都明白了：我从哪里来，以及为什么我什么都不敢说。有一刻，我抬起了头。她就那么看着我，带着无尽的温柔。从来没有人用这种母亲般的眼神看着我这么久，我简直想趴在她的肩头上哭一会儿。

随后，仿佛听见了我没有问出口的问题，她开始和我说话。她的丈夫曾经是黎凡特军队的军官，古罗将军的手下。他的营地离她住的村子不远，有时他会来她父母的农场里买鸡蛋。他们偶尔聊天，慢慢地加深了了解。战争一结束他们就结婚了，之后在贝鲁特生活了十年，1928 年的时候来到法国，开了这家餐厅。

听她说话的时候，我不止一次地告诉自己：这个女人和她的丈夫不是正好可以当"皮卡尔"的父母么？也就是我假装的父母，我借用的父母！我觉得自己的喉咙哽住了，就像一个着了魔的孩子。我什么都没有说，我什么都没有表露，但是我的眼睛已经不再逃避，它们已经在一位母亲的眼神中放弃了抵抗。如果她问我，我什么都会告诉她的。但她什么都没有问，她只是简单地说了句传统的祝福语"上帝保佑你！"，然后就离开了。

她再也没有出现。一直到我吃完饭，都是她丈夫来为我服务的。而他也带着同谋般的微笑，不过什么也没有说。但是这个女人，这次短暂的出现，却彻底改变了我的面貌。我再也不是一个被人追捕的逃犯，我已经高高地凌驾于我当时的恐惧，凌驾于我的肉体之上。随着时间流逝，我眼前的地平线也豁然开朗。

我甚至已经成功地说服自己，事情不会一直都那么糟糕。我被人追捕，没错，但这正是因为我是自由的！就在这天早上，我还等待着最糟糕的结果：酷刑、虐待、死亡；而当天晚上我就自由地坐在一家餐馆里，点餐，喝汤，吃饭，品尝美食。然后——比这些都重要，非常重要——如果让我大胆地说的话，我正在赢得这场战争！几天之前，我们刚刚得知，科西嘉岛已经被解放；在意大利，墨索里尼已经被推翻，意大利甚至还加入了同盟国的阵营，已经对纳粹德国宣战；在东线，苏联军队已经转守为攻，夺回了高加索，正在向克里米亚半岛推进；而美国人完美的战争机器已经在各条战线发挥了作用；在英国的海滩上，人们已经在准备登陆作战了。在法国，舆论已经彻底倒向我们一边。对于老元帅，人们所保留的只是一定程度的宽容而已：人们有时还是会原谅他，但是已经不再追随他。抵抗运动一天天变得更强大，更英勇，把我解救出来的这次精彩的行动就是一个例子。

吃晚饭、点咖啡的时候，我已经完全变成了另一个人，一个没有让祖先蒙羞的征服者。我的嘴唇紧闭着，但是我已经在低声歌唱。恐惧已成为过去，忧伤被埋在心底，留下的只有重获自由的喜悦……

我多想永远待在这个小餐馆里啊。在这里，我感受到的是彻彻底底的安全。当然也应该说，我完全不知道自己该去哪里，能敲响哪一扇门，而不让整个组织陷入危险。我甚至都不能再坐火车，没有证件，我连第一道检查都过不去。

您相信运气么？或者说天意？我们那里有很多俗语，说人死是因为生命之灯里的灯油烧尽了，或者是类似的意思。而我的生命之灯里还有很多富余的灯油。离开餐馆之后，您猜我看见了谁？雅克！假证雅克！我们的眼神交汇了，随后又各自躲开。在他的眼里，我看到了一丝惊讶，而我的眼里则闪着幸福。我跟在他后面。他没有走很远，就在邻近餐馆的一栋房子里，二楼，有他的"工作室"。八个人长期在那里工作。我不需要向他解释自己的处境，他已经都知道了。当我从火车里出来的时候，人们其实已经认出我了，但当时仍然在交火，突击队没有时间专门照顾我。雅克觉得我肯定没有走远。

当然，我需要新的证件，以及新的身份，这样我才可以重新上路。但是我的救星突然有了一个更好的主意：雇用我。人们交给他太多的任务，已经超出了他的能力范围。刚开始的时候他是一个人，现在他已经有七名不同年龄的同伙了，再多一个人当然更好。"只要你的字写得不像医生那样。"他让我试一试。我很用心地做了。在他看来，我拥有成为造假者的天赋。"天哪，你内心的原则十分刻板，让你在和平时期不可能以此去牟利。没有什么是完美的。"这就是雅克说的话。他教会了我很多东西，但我还想从他身上学到更多，包括他的暴脾气。

每次想起在假证工坊的那些日子，我的心中都十分感动。那间工坊就像一只安静的食蚁兽，但发挥的作用却无可替代。它可不只是伪造一些文件而已，而是在创造和管理一个完全平行的时空，让人们在面对无所不能的敌人时，身份显得无懈可击。如果没有雅克和他的同伙们吹毛求疵般的操作，抵抗运动的任何行动都是不可能实现的，哪怕成立一个秘密组织都是不能想象的。然而，他们的名字始终都在暗处。要怎么向您解释，这些人能够把自己完全投入到这项并不讨喜的工作中，时刻冒着生命危险，却从不期待任何物质或精神的回报？他们当中的一些人甚至都不相信上帝，更不打算能够在来生得到些什么奖励。

和他们共命运，我是不是感到骄傲？关于这一点，是的，我很骄傲，说出这句话我一点都不会犹豫！战争结束后，我时不时遇到一些对抵抗运动中这秘密的一面感兴趣的人，我会花上几个小时向他们详细解释我们所做的工作。

与此相反，当人们第一百二十六次要求我讲一讲我"荣耀的"越狱经历时，我非常愤怒。毕竟，我做了什么啊？跑了六十多米，美餐了一顿，经历了天意般的一次相遇。就因为这些，我成了英雄！而我一千次冒着生命危险拿起抄写的笔，或是传递信息呢？

不过您看，我还是很豁达的。一千次行动被缩减成了不值一提的东西，而一次行动又被放大了一千倍——最后，我得到的还不是一样！

餐馆里让我喝到孜然汤的那对夫妻，不，我再也没见过他们，天哪。最开始的时候，我从不离开工作室，有人会给我带吃的来，而我就睡在里面；几个月之后，我才开始出门，冒险去街上转一转，但我每次都绕些路，避免再次经过那家餐厅的门口。在那段时期，想一想自己的处境，如果我真的对某人心生好感，那最好的办法就是不要给他带来麻烦。一直到解放之后，我才重新经过那里。餐厅关门了。看上去已经关了几个月了。一位邻居告诉我，"中尉"回到了他的家乡，格勒诺贝尔附近。

而我则一直待在假证工作室。没有换过其他工作，一直到解放。我们开了几瓶香槟庆祝。雅克很有信心，他在几个星期之前就已经把香槟冰上了。我们所有人都是幸福中夹杂着一丝伤感。秘密状态的结束，意味着我们的冒险生涯到了终点。一个人为了好的目的去做坏人，这样的经历在生活中并不多见。

之后，我回到了蒙彼利埃。不是战争一结束就立刻回去的，贝特朗把我留在他身边又待了三个多月，在里昂，还给了我一些新的任务。当我最终有机会回到那里时，那感觉就像是第一次回到家乡一样。回到战前我还没有变成"巴库"时生活过的地方，感觉很奇妙。

这期间我当然也有过关于那里的消息。我知道布鲁诺和他的父亲在啤酒货车出事时被捕了，不过他们只被关押了两个月，但是一年之后他们又被捕了，这次的罪名更严重，两个人都被关进了集中营。后来父亲回来了，布鲁诺没有。今天酒馆旁边的小广场就是用他的名字命名的。

这也是我最先去的地方。一看到我，老板就把我紧紧地抱在胸口，很久才松开，好像我是他找回的另一个儿子一样。在此之前，我们只不过握了两三次手，我甚至都不记得是不是曾经和他说过话，就算说过，最多也就是点啤酒或是结账吧。他的妻子也在战争期间去世了。或许她已经预感到，自己的儿子回不来了吧。

离开酒馆之后，我去了曾经的房东贝华夫人那里。是的，她也把我紧紧地抱进怀里。她告诉我，城里流传着很多关于我的故事，这些事在我当天晚些时候来到医学院的时候得到了确认。我不知道这究竟是因为我突然的失踪，因为我的出身，还是因为一些流言和意外事件，但是所有人好像都很确定，这个叫凯塔达尔的人成了抵抗运动中的英雄。人们给我的光荣榜上列了一长串的参战行动，其中一些完全是假想的，另外一些中的大部分有事实基础，只不过我在其中发挥的作用被无限地夸大了而已。

回到贝华夫人这里，在结束了感情流露之后，她告诉我她非常震惊为什么在城里到处都在传颂我的事迹，却从来没有人来找她询问过我的情况。

"您的意思是我离开之后，从来没有人来我住的地方搜查？"

"没人。"

"没有军人，没有宪兵，也没有德国人？"

"没人，我跟您说了！您的物品都放在地下室了，从来没有人动过。我把它们收走就是为了能重新把那间房子租出去，您理解的。"

在我的眼中，这意味着当时的政权并没有搞错我的重要性——

或者应该说——我的无关紧要。但是对我的女房东来说，我能从她说话的语气里听出来她的想法完全相反，这正是我传奇般能干的最好证明，不过这明显是别人强加到我身上的。巴库，永远不会被抓到。

然而，您肯定会问我，当时不是有个宪兵冲进了我住的公寓楼么，就是我逃跑的那重要的一天。马上我就要说这个。我是不是跟您提过，贝华夫人有一个女儿，葛麦妮，红棕色的头发，很漂亮，但是名声却不那么好？没有，我应该没有提过她。我这种羞涩在黎凡特的男人中挺常见。同学们经常跟我提起她，拿她来逗我，问我是不是……实际上，我在女人面前一直都是一个害羞的大男孩，我不允许自己做事毫无顾忌。当我遇见葛麦妮时，我会给她一个礼貌的微笑，她也会回报我一个同样的微笑。然后我会继续上楼梯，脸还会有点红。

好吧，那天贝华夫人告诉我："您知道您不在的这段时间里，我的女儿已经结婚了么？我一会儿给您介绍一下我的女婿，能跟像您这样的人握手，他会感到非常荣幸的。"

我进了客厅。您猜猜接下来发生了什么……葛麦妮的丈夫穿着宪兵的制服。他的脸上有一道刀疤，从下颌一直到眼角。他站起身来，开心地笑着把手伸向我。

"我记得我们好像在楼梯上遇到过一两次。那时候我正在追求葛麦妮，您把我吓坏了。"

所以，我根本没有必要逃跑！如果那天我没有看到一个宪兵冲进我住的楼里，我的人生肯定是另外一种轨迹。

会更好还是会更坏？如果我们还有性命提出这个问题，也就说明这至少不是最坏的。

但是还有另一个惊喜在等着我。当我和房东一起走上楼梯，准备怀念地看上一眼曾经住过的房间时，不知道踩到了哪一个台阶，我突然满鼻子都是一股强烈的发霉的味道，我连呼吸都困难了。然后我在昏昏沉沉中突然想起来，自从离开这间阁楼之后，我好像再也没有过一丁点的呼吸或是肺部的毛病。这种霉味，还有陈年的灰烬，刚来的时候我闻到了，随后经过了一段时间，我觉得自己已经忽略了它们的存在。而现在，它们又让我窒息了。

我觉得自己用了最后一口气告诉这位善良的女士：

"我下楼吧。"

她用钥匙把房门锁上，然后一直不安地看着我。

"在我看来，您还是有哮喘的毛病啊。"

"偶尔吧。"

"您不是唯一的一个，看哪！在您之后租这间房子的年轻人，他也有哮喘。两次都是这样，我晚上应该叫医生来看看了。"

她继续说道：

"现在这间屋子是空着的。如果您愿意，您可以在这儿睡一夜，这次不是房客，而是贵宾！"

"您真是太好了，只是我今天晚上还要坐火车去马赛。"

当然，我说谎了，我第二天才会离开。但是我已经为这间该死的阁楼付出了太高的代价。

当天晚上，我在一个医科同学的住处过了一夜，但是整夜没睡，我一直试图说服他，传言里安在我身上的那些壮举并不全是我做的。白费力气……

应该说，当时的环境对我是不利的，或者有利的，这要看我们把自己摆在一个什么位置上。这种误解看上去让那些哪怕最荒唐的流言都显得有道理了。

刚刚解放的时候，在各个抵抗组织之间，以及抵抗组织和当时的政权之间，为了解决一连串的问题，人们不停地开会，各个层级都有。会议内容涉及整肃以及过程中的偏差，集中营关押人员的命运，抵抗组织武装的解除，给养的提供等等。有一次会议，因为当时《自由！》组织内的负责人都没有时间，贝特朗就指派我去参会以显示组织的存在，并记录下人们的言论。和他预期的相反，其他组织都派出了最高级的领导者；除此之外，里昂当地媒体的摄影师也在场。当天晚上人们逮捕了一位著名的附敌分子，于是这次原本应该是例行的会议在舆论看来突然变得十分重要。我的照片出现在了《进步报》的头版，并且被介绍为抵抗运动某个地下组织的领导人。

在蒙彼利埃，没有任何人相信这只是场误会。试图否认自己是英雄，那么不仅您的名誉不会受到任何损害，人们还会额外给您安上一个谦逊的名声，而这正是人们口中英雄的至高品德。

周五上午

　　我很确定，当奥斯亚尼极力减少自己的事迹时，他是真诚的。一想到人们可能把他当成是"领导者"，他就觉得无法承受，这是从儿时开始的。所以他每次都把话往相反的方向说，他的否认太过强烈，以至于谈话者都会对此感到困惑和怀疑。

　　这同样也是我最开始的感受。后来在我们分开不久，我重读记下的笔记时，产生了一个强烈的愿望，那就是更近距离地去了解事情的真相。我来到法国的中部地区，寻找那些可能经历过这一动荡时期的人、游击队、搜捕者、有关他的传言，以及他的组织。经过一个月令人吃惊的见面、天真的问话以及核实之后，我更加确信：在某些领域确实存在着跟"巴库"这个名字相关的传奇故事，而他在抵抗运动中的作用，可一直都不只是一个"信使"那么简单。

　　但是这真的就是最重要的真相么？发挥了什么样的作用，是不是重要，说到底，这只是人们的评价。他告诉我的都是从他的角度看到的真相，也就是说，是他经历的事实以及当时的感受。当一个人讲述自己的故事时，即使再客观，不也可能是夹杂着谎言么？

　　我决定再也不去寻找真相，或是挖掘更多东西。我只关注他所讲的，并演好自己接生员的角色。接生真相，或是接生传奇，也就这点区别而已！

——我们上次聊到您离开法国回国的时候。我想在贝鲁特，人们都在等着您吧……

我没有告诉任何人要坐哪艘船回去，但是我父亲还是得到了消息，上帝知道是怎么回事！他还让整座城市都知道了。同时传播的还有上百条关于我在抵抗运动中光辉事迹的流言，人们甚至低声谈论我战时的名字：巴库。

巴库、雅克、贝特朗、假证、战争、抵抗运动——我还没到二十七岁，却好像已经过了一生。在我面前，也许还有另外的人生。

我到了港口，人们已经聚在码头上。一踏上舷梯，我的眼睛就湿润了。那个头发闪亮的女孩来到我面前，在我的脖子上戴上了一个花环。我弯下腰，她露出的胳膊擦过我的脸颊。我又站了起来，一些不熟悉的声音在我身后混作一团。一个摄影师示意我不要动，保持同样的微笑，看着镜头。所有人都停下来，屏住呼吸，静止了好几秒，十分的安静。之后，慢慢地，人们重新动了起来，场面再次变得活跃，叫喊声也越来越大，还有掌声，欢呼声。这时我父亲走上前来，他的头上戴着一顶红色的毡帽，那是节日的帽子。人群自动分开，让他通过。我们的眼神交汇在一起。这个期待的眼神，曾经沉重地压在我肩膀上，在那一天却让我觉得轻松了很多。父亲摘下帽子，把我抱进怀里，紧紧地抱着。又是一阵掌声。他把我分开，双手抓住我，仔细地打量着。而我从他的眼中看到了意料之中的喜悦之外的东西，骄傲之外的东西。当他再次抱住我的时候，我结结巴巴地问了个问题，他回答说："稍等一会儿，到家之后我全都解释给你听。"

当一个人处在一种极度的快乐中，并且还觉得自己有些配不上时，常常会感到不安，我当时就是这样。我总觉得正有什么不幸等待着我，这个善妒的对手似乎就在下一个路口。这不仅仅是些预感，人群中也确实少了太多人。

我的全家，只有我父亲一个人在场，其他人呢，他们都去哪儿了？首先是我的外祖父，全国最好的摄影师，所有类似的场合肯定都会到场的，还会让我们排好位置，对我们推推搡搡，然后用他的闪光灯把我们闪晕。无论如何他都不会愿意错过今天的这张照片！

是的，这是首先让我扫兴的，这张照片里摄影师竟然是缺席的！直到上了来接我的汽车，我的眼睛还在寻找他。

"外祖父去哪了，我怎么没看见他？"

"努巴尔走了。"

对于一个七十岁的人来说，这样的表述太过阴郁了。我什么都不敢再说，生怕听到我正担心的那些字眼。

如果真相再晚来几秒的话，我的眼泪就……

就在这时，我父亲补充道："他去美国了，带着你的外祖母，还有你的舅舅阿兰。"

我松了一口气，甚至还有些开心，就像是人们把我失去的外祖父又还给我一样——我们不都幻想着，在失去了一个至亲之人之后，却突然发现我们看到的和听到的都只是一场噩梦啊？我当时就有这种见到了奇迹的感觉。

但是突然，另一个不安涌上心头。

"还有依菲特呢，她在哪儿，我怎么也没看到她？"

"你姐姐在埃及。战争开始的时候她就结婚了，我们当时没办法通知你。"

"她的丈夫是谁？"

"你不认识。马哈茂德，海法一个古老的家族——卡玛利家族的儿子。他在这里一家英国银行工作，但是人们把他调到了开罗。他的父亲在奥斯曼银行，在伊斯坦布尔。我们的女婿是个勇敢的年轻人，正直，和气，但是有一点……就像这样。"

说着最后这几句话时，我父亲做了一个我曾经不时看到过的动作：手掌和脸朝天，然后转到朝地，然后再转到朝天，连续做两三次，速度还很快，就像是在模仿跪拜一样。这是他描述某人"极度虔诚"或是像"圣水缸里的青蛙"的方式。不能完全按照字面的意思理解，因为他所见过的捻着念珠低声祈祷的人，都会被他这个异教徒用如此滑稽的动作嘲笑。

"至少我姐姐没有过得不幸福吧？"

"不会。这是她选的人，我相信他们相处得不错。关于依菲特，你什么都不用担心，她知道怎么获得别人的尊敬，并不是她让我操心。"

"我刚刚说操心？这些年我所忍受的，可不只是操心这么简单。我不想让你一回来就觉得扫兴，但是你应该知道：我们家发生了很大的不幸，今天是我这四年以来第一次觉得幸福的时刻。你马上就会看到，我们的房子里已经挤满了人。"

"就像我之前一直经历的那样。"我在心里挖苦道，带着一种幸灾乐祸般的气恼。这种拥挤和吵闹，这种从不间断的人来人往，我可没有什么好印象。

我父亲可完全不这么看，因为他的眼睛里突然充满泪水，他的双手也发疯似地紧紧握在一起。

"四年了，没有一个人迈进过我们家的门槛。就像我小时候在阿达纳那样。鼠疫患者！"

我把手放在他的手上，我的眼睛也模糊了。在得知究竟发生了什么不幸之前，我就已经开始悲伤了。

"你的弟弟……萨利姆……我诅咒他出生的那天！"

"别这么说！"

"为什么我不能这么说？因为他是我的血肉？如果我身上有一个肿瘤折磨我，那我是不是也应该喜欢它，就因为它是我的血肉？"

我已经放弃打断他了。我的抗议也仅仅是流于形式而已，我也从来没有真正喜欢过我弟弟。

战前我离开家的时候，萨利姆不过是一个胖胖的，反应迟钝的男孩，抗拒学习，懒，脾气又坏，一无是处。所有人都相信他将来肯定一事无成。我们对他的未来是如何预期的？他会首先挥霍掉自己的那一部分财产，然后依靠他的哥哥，或者姐姐才能继续活下去。

然而我们所有人都低估了他，我想表达的是低估了他的破坏力。我们都知道，战争会激发某些人身上的智慧和能量，有时能让人变得更好。但更多的时候是让人变得更坏。

战争年代，我们国内和全世界各处一样，物资缺乏和定量分配的现象十分严重。同样严重的还有走私，以及各类地下运输。有些人参与其中是为了生存下去，有些人是为了发财。我弟弟也参与到这种事情中了，但他既不为生存，也不为发财。

他经常离开家。不管是白天还是夜里的任何时间，他都能通过一处暗门悄悄溜出去，因为他的房间和整个房子在一定程度上是分开的。我父亲居然什么都没有察觉。如果我的姐姐还和他们一起生活，她肯定会看出来有些事情正在发生，甚至萨利姆都有可能不会走那么远。她走了，再也没有什么能阻止他继续堕落下去了。

有一天，该来的总是来了：一队法军士兵严严实实地包围了我们家的房子，用高音喇叭大声要求里面的人不要抵抗，举着手走出来。

这绝对是一次有计划的攻击行动，就像是要占领敌军的阵地一样。我父亲完全不明白发生了什么，他从卧室的窗户那儿大声地叫喊，这一定是一场误会。随后，他就惊恐地看着士兵们从我们家的谷仓里搬出一堆黄麻布袋子、木箱、金属桶、纸箱子。废弃的车库里、屋里楼梯下的橱柜里，甚至在我弟弟的房间里、他的衣柜里和床底下，到处都藏了东西。这家伙把我们家的房子当成了走私的仓库，而我父亲竟然从来都没怀疑过。萨利姆甚至还把一些货物堆在了我外祖父的摄影工作室里，那里在同一天也被同样的方式攻占了。

让整个事态变得更加严重的，是前一天晚上在首都南部的一个小港湾发生的短暂交火，那是走私分子惯用的一个港湾。交火造成了一名海关官员的死亡，两名不法分子受伤后被逮捕，当晚审讯他们的时候，执法机关得到了我弟弟的名字。他还是——这还真是尊贵的凯塔达尔家无上的荣耀！——匪帮里的关键人物之一，交火的时候，他就在岸边的那群人里等着接货。就是这群人在逃跑之前开枪打死了海关官员。是他本人开的枪么？他否认了，并且也没有任何人能够证明确实是他。在我们的房子里搜出了很多枪支，但是都在箱子里，没有一支枪曾经开过火。犯案的那支枪也一直没有找到。

所有人都被抓进了监狱。我弟弟、父亲、外祖父、舅舅阿兰——他是美国人开办的大学里的化学教授，是一个纯粹的知识分子，每天都生活在化学分子式的云里雾里，他对发生的事情比我父亲知道的更少。被抓起来的还有园丁和他儿子。

"你弟弟从没有缺过任何的东西！他为什么要这么对我们？"我父亲不停地重复着。

怎么跟他解释我弟弟到底缺过什么？就算我本人，在我年少的时候，我不也时常感觉自己在这座房子里就像是个囚徒，而且连逃出去的希望都没有么？我不也曾想过毁掉这一切，包括所有家具、来访的客人、四周的围墙么？是什么让我保持克制？我知道自己是有人爱的。当然，我被他们过分崇拜，这也促使我想要走得越远越好。但我的出走是为了能变成一个更强大的人，为了有一天回到家里，我能够坚持自己的想法，并得到其他人的承认。如果我不能确定自己是被人爱的，苦涩的感觉就会不停地在我身体内滋长，在战争的推动下，我可能就迈出那一步了——或者去杀人，或者去自杀，而萨利姆的所作所为就是两者兼有。

杀人和自杀差点就成功了。战争进行的那几年，人们对于走私行为是不会轻易放过的，尤其是走私的货物还包括武器和弹药的时候。很幸运的是，负责这个案子的法军军官，德埃卢瓦尔上校，跟我的父亲很熟。战前他曾经不止一次地来过我家，有时是参加开幕式，有时是讨论会。他曾经是东方语言学院的学生，也是一个文化人，同时还是古老照片的收藏家。他完全了解我父亲和努巴尔是多么有趣而又无害的人物，甚至还知道我弟弟从小开始，就是家里的一大祸害，所以他竭尽全力让我父亲他们两人早点被放了出来，他们已经在牢里关了三十五天了！其他人，包括我的阿兰舅舅，几个月之后才重获自由。除了我弟弟，但上校还是成功地保住了他的性命，理由就是他的年龄——他作案的时候还不到二十岁。他身上有三项重大罪名，其中之一就是走私，萨利姆为此要坐十五年的牢，但是接下来的几次赦免让他的刑期减掉了三分之二。

对我的家人来说，这次的事件就是最严重的羞辱。事发前经常进出我们家的人，在之后的几个月里都担惊受怕，生怕自己也被抓进去。毕竟凯塔达尔家的房子是不法分子的巢穴以及走私货物的仓库，那么进过那里的人不都是可疑的么？当我父亲从监狱回来后，很少的人，真的是特别特别少的人，敢来祝贺他平安回家。对于这几个"用一只手就能数的过来的"极少数的人，我父亲永远都会感激；而其他那些曾经热衷于来我们家拜访，就像是被钉在了我们餐桌上的人，父亲发誓再也不想看到他们。

就是在这样的环境中，我的外祖父母终于决定前往美国。他们的儿子被这样一个可耻的罪名关进监狱后，精神受到了极大伤害，再也无法面对自己的学生。大学的校长给他出具了一份极尽赞美之词的推荐信，几天之后，舅舅就获得了全家移民美国的许可。他在化学方面杰出的才能无疑在战争时期起到了举足轻重的作用，一到美国，他就立刻被特拉华州的爆炸物工厂雇佣了。

从那时起，我父亲就孤独一人了，没有了我姐姐，没有了努巴尔，没有了我，也没有了曾经围在他身边的那群人。孤独一人和他的疯疯颠颠的老母亲一起，他不时还要照顾她的生活，尽管已经有一个护士不间断地在她身边陪护。

我想，如果不是出狱几个月之后德埃卢瓦尔上校的那次来访，他不知道如何继续这样没有尊严地活下去。上校给他带来了让他倍感欣慰的消息：他的长子，奥斯亚尼，已经成了抵抗运动中一个小小的英雄人物。

那上校是怎么知道的呢？完全是一系列的巧合。德埃卢瓦尔隶属于自由法国的军队，而他们在英国人的协助下，击败了贝当派的武装，于1941年占领了黎凡特地区。就在结束了走私的案子不久之后，他秘密地去普罗旺斯出了趟差，并在那里和贝特朗见了面。他们提到了旧世界，他的过去，奥斯曼家族，然后我的名字就出现在了他们的谈话中。

不过我们的话题还是回到我父亲身上。对于他来说，我投身抵抗运动这一事实在当时的情况下有了另一个象征意义，而我在到达港口的那一天是没办法猜到的。我一直都觉得他会很满意我的态度，这符合他的政治信念，而且他一直都有想把我打造成"革命领袖"这个不切实际的愿望。这个愿望仍然存在，他始终没有忘，但是此刻却被隐藏起来，因为眼前有更急迫的事情要处理：现在我在他眼中，首先是让我们家恢复名声的主导者。我的弟弟，不是让我们的名字，让我们的家族蒙羞了么？这一耻辱不也促使人们远离我们的家门了么？而我回来了，头顶着这样一个光环，将会让人们重新踏破我们家的门槛。他已经准备好迎接这些人了，不过，现在他心中已经没有怨恨，有的只是向命运复仇的快感。

我回到家的第二天，成了大肆庆祝的节日。我们的房子里到处都挤满了人，有些是应邀而来的，也有些是不请自来的。会客室、走廊、楼梯上，到处都是人。还有些人在花园里散步，开心地私下交谈了很久。

我的父亲又一次趾高气昂了。而我在这样的情况下，也不可能像从前那样，对我成为了人们眼中的英雄这件事情矢口否认了。那一天，最重要的已经不是保持稳重和谦逊，也不是公正地评估我所做出的成就，而是要给我的父亲，给我们的家族恢复曾经被践踏了的荣耀。当然，我并没有乱说什么，也没有加以美化和修饰，我的缺点中并不包括吹牛这一条。不，我没有说谎，但是我也没有否认任何说法。我任凭他们说，任凭他们相信。听到父亲久违的笑声，我感到非常幸福。

十天之后，他就失去了母亲。可怜的依菲特八十七岁，从几个月前开始，她就再也没有离开过自己的床了。

"如果她去年去世，我肯定要一个人埋葬她了。"——这就是我父亲最先想到的。首先，是的，算是松了一口气，但这与他作为儿子的孝心并不冲突，随后他就哭了起来。

他和自己疯了这么多年的母亲之间，有一种只有他自己才懂的默契。我曾经经历过一些令我十分困惑的场景，但是我从来不敢询问父亲究竟是怎么回事。他在思考是不是应该让我去法国继续学业的时候，征求了祖母的意见。这已经不是第一次了。我之所以记得这么清楚，是因为这次他是坚持当着我的面做的。

他先是在她的耳边嘀咕了几句。我祖母看上去是在听他说话的，并且很紧张。之后她张开了嘴，就像是要说话一样，但是她的嘴只是那么张着，很长时间，就是一个圆圆的黑黑的洞口，却没有说出任何话。我父亲等待着，一点都没有不耐烦。她发出了一些混杂的声音，对我来说，不过是一些咕哝声，或者是喘气声。父亲一边认真地听着，一边重重地点了点头。之后他走到我面前告诉我，祖母并没觉得回去上学有什么不妥。这是开玩笑么？看上去非常像，但绝对不是，我很确定，我父亲从来不会拿老依菲特开玩笑。不，他就是这样征求她的意见的，对他来说，这是连在他和自己母亲之间唯一的桥梁，并且应该相信，他们之间存在着自己的语言，可以相互听懂。

为她哭泣的不只他一个人。突然之间，我也非常怀念她。这个尊贵的女人，疯了七十年，在家中永远被庇佑。纯洁，鬼魅一般，会低声唱歌，永远像个孩子。正是因为她，面对生活时，我们不慌不忙，既有智慧，又有理性，还有一种自发的敢于怀疑和讽刺生活的人生观。

她活着的时候是藏起来的，我父亲不希望她入土的时候还要蒙羞。他坚持要把国内各社区的高级人物都请来参加葬礼。我那些被人传颂的壮举，我英雄般的回归，让这一切重新变得可能，这也就是我刚才说他"松了一口气"的原因。另外人们在悼词中也不会忘记强调，她出生时就是统治者的女儿，死去时还是一位英雄的祖母。

在我看来，父亲当时的情感很矛盾：一方面因为失去了母亲而十分悲伤，另一方面又为最后关头能给她举办一场合乎她身份的葬礼而感到满意。我一直在观察他。他一会儿默哀，抱着肩膀，抽泣得几乎站不住；一会儿又环视周围的人群，那些重要人物，然后又恢复泪流满面的样子。平时他不会这样，这说明他这次心中受到的伤害。

祖母下葬后的第二天，在大客厅里，我坐在他的右手边接受人们吊唁时，有人在我耳边悄悄跟我说，有个"陌生女人"想要见我，看到眼前的场景，她不敢进来。

陌生女人，竟然是克拉拉！

我多么希望能把她揽入怀里，紧紧抱住啊！但是我没这个权力。这既是因为我们过去的关系：我们不过在一起聊了一个晚上而已，并且还是分别坐在自己的沙发里，天亮之后就各奔东西了；也是因为现在的环境：毕竟是在葬礼期间，房子里到处都是身穿黑衣的客人。我们甚至都不能过分地表达重逢的喜悦。她首先为"突然出现"在这样一个悲伤的日子而道歉，我向她提议一起去花园里走一走。

她只是路过而已。昨天夜里，她乘坐的船刚刚在贝鲁特港下锚，而当天晚上她就要从陆路前往海法。她并不确定自己是不是愿意留在巴勒斯坦，这次她只是来陪伴一个年老的舅舅而已。

看上去似乎我们都害怕谈起我们自己，于是我们谈话的内容总是围绕着她的这个舅舅。"我的父母曾经告诉我，舅舅在二十岁的时候，就已经显示出一个单身老男人的癖好了。他是家里的独生子，并且是他的父母生了六个女儿之后，晚年才得到的小儿子，所以他继承了不少财产，让他这辈子都不用去工作。"

"就像我父亲。"我一边嘀咕着，一边朝着房子的方向瞄了一眼。

"只是我舅舅斯特凡从来都不想被一个家庭缠住手脚。在他格拉茨的家里，他的生活都是被一个训练有素的管家照顾的，管家知道什么时候给他上咖啡，以及晚上的威士忌要倒多少。我操劳一生的父亲谈起这个舅舅的时候，总是带着要掐死人的表情，因为他对孩子们来说实在是一个太坏的榜样。另外格拉茨的犹太人对斯特凡·特梅尔雷斯的印象不怎么好，因为他一个犹太朋友都没有，并以此为荣，不过其他人倒也无所谓。

"直到他被关进集中营。我一直在想：他到底怎么在集中营里活下来的，不管怎么想，他应该都是最先支撑不住的。好吧，他们所有人都死了，我所有的家人……除了他，除了斯特凡舅舅。"

"我不知道他是怎么幸存下来的。他自己也什么都没说过，而我也不想再对他提起这场噩梦。我只跟他聊开心的那些年，从来不聊悲伤的过去。看到他在面前，我就觉得自己的脑子里不断地翻看一本想象中的全家人的相册。而他就那么'看着'，从来不说一个字，也不会泄露任何情感，没有喜悦，没有惊讶，没有怀念的叹息，什么都没有。我有时想，他之所以能活下来，就是因为他的冷漠。是的，冷漠。其他人会有欲望，有需求，有野心，有期待，这些成了他们的敌人，把他们撕碎。而我舅舅却什么都没有，除了人们给他带来的东西，他对其他的没有任何期待。凑巧的是，没有人给他带来死亡。他现在就是我唯一的家人。我不知道他对我来说，是一个年轻的长辈，还是一个年老的孩子。可能两者都有一点吧。"

"当我通过一个照顾集中营被关押人员的组织找到他时，我问他眼下有什么打算。他说已经绝对不可能回到格拉茨了，他打算去巴勒斯坦。所以我要把他带到那儿去。"

"刚才我把他留在宾馆的露台上了，眼前放了一杯双份的威士忌。他和酒吧男招待相处得不错。今天早上我就撞上他们聊了很久，而他跟我从来就没什么可说的。他们能聊很多，包括战前女人们戴的帽子，还有哪种威士忌蒸馏得最好。"

克拉拉根本没费什么力气就打听到了我家。"我觉得这个城市里的所有人都认识你。"

我大概跟她讲了讲回国的经过，港口的迎接，以及小小的传奇。她看起来比我还兴奋："真是一次奇妙的冒险！"我耸了耸肩。之后我们一起回忆了一些"曾经的战友"。

我们就这样散步了一个多小时。我觉得自己能连日连夜地这样散步，一点都不会感到厌倦。我们说出的每句话——关于我们自己的，关于其他人的，关于刚刚翻过篇的历史，关于可能发生的事，关于世界格局的变化——每句话都让我们走得更近。四年前在里昂，也是同样的感觉，我们两个人隔着空间，紧紧依靠在一起！我们摆动的手还时不时拂过对方。

在那一刻，我心里并没有想"我爱她"。不能对自己说，更不能对她说，我想说的话听起来很可笑，活像一位老先生说的：我已经感受到了狂热爱情的征兆，但是在我的头脑中，这个词并没有出现。我觉得在这样的时刻，人们需要一位知己，或者是在取笑你的时候，或者是故意说出"爱"这个词，好让你自己也能够正视这个问题。因为那样一来，答案就没有任何疑问了。

但是她看了看手表，这个动作像是撕裂了我的动脉一样，我甚至感觉到心脏旁边真的有点疼。我说："还不到吧！"声音中带着祈求。然后她就继续和我散步，聊天了。

几分钟之后，她又一次看了看时间，并停在那里不动了。

"我不能把舅舅一个人留在那里太久。而你，人们都在等着你……"

我们当时已经到了大门口，客人们还在陆续地进来。在人们的注视下，我们甚至都不能贴面告别，毕竟不是在法国。我只是和她握了握手，然后看着她走远。

我回到了会客厅，坐到父亲身旁。我离席时进来的那些人，以及那些已经在房间各处落脚的人，纷纷来到我面前，一个个和我拥抱，然后说一些应景的话。我努力对每个人保持友好，但是思绪已经完全飞到别处。我还在想着她，当然，但是我并不满足于回放刚刚那些美妙的场景，或为她的离开独自伤心，我的体内升腾起一股怒火。我告诉自己：第一次，我们分开了，每个人走向不同方向，只能寄希望于机缘巧合让我们重逢，那是战争，是秘密组织，我们没有其他办法；今天，我们重逢了，就像是奇迹一样，而我们就这样分开了，又一次把命运交给了机缘巧合。

如果机缘放弃了我们呢？如果我再也见不到她了呢？就让她这么离开，我做的是不是也太没脑子了？握了握手，我的人生，我的幸福就这样走远了，可能就是一辈子。而我就那么看着，平静地看着！

我甚至都不能给她写信，当时她还不知道在巴勒斯坦的什么地方落脚，也不知道会待上多久。或许能找到人帮忙转交信件，但是我们甚至都没说定要互通书信。我们在一起的时候，总是不停地聊这聊那——聊她的舅舅，最多的时候——就好像我们会这样一直散步下去，直到时间的尽头。之后，我们分开了，仅仅用了短暂的几秒钟而已，为了不让分别显得更加痛苦。

我越是想得多就越是抓狂，还要极力克制自己什么都不要表现出来。

突然之间，一句话还没有说完，我就站了起来。我和当时聊天的人说了句抱歉，随后也和父亲说了一句。我几乎是跑着出来的，然后跳上一辆汽车："去巴尔米拉宾馆，港口旁边！"

在路上，我无意识地跟司机聊着天，脑子里想的却是等会儿要跟克拉拉说些什么，好让这次即兴的访问显得合理一些。到了宾馆，在楼梯下等着服务员去敲她的门让她下楼时，我还在准备着我的措辞，我想让自己看起来不那么傻。

她下楼来的时候，看上去有些不安，而我还是没找到什么更好的话，只能对她说："我忘了告诉你，记得一定要给我写信！"这真是太傻了，我必须承认。但是也挺好，在这种情况下越是傻傻的，就越显得感人。

克拉拉皱着眉头听我说完，然后点了点头，好像我刚刚告诉她的是一个很严重的事件。然后她就左看看，右看看，没有人看着我们。她吻了我的嘴唇，飞快得就像是鸟啄了一下。

当我从惊讶中恢复过来的时候，她已经跑着上了楼。于是我离开了。

天哪！那天的天空多蓝啊！

两个月之后，她给我写了信。那封信有七八页纸，但我感到有些许失望。不，并不是真的失望，只能说我的关切没有得到满足吧。我知道为什么，她想装作之前的那一吻压根没有发生过。更糟糕的是，我们在花园散步的时候，已经自发地以"你"相称了；但在这封信里，她用的却是德语的"您"，而不是德语的"你"。真是倒退了一步……

是的，她给我写信用的是德语。从我们在里昂见面开始，我们都是习惯用法语聊天的，她的表达完全没有问题，只是偶尔有一些小错误而已。但是写信的时候，她用歌德（德国作家）还是比用夏多布里昂（法国作家）更得心应手……

她用"您"来称呼我，像是对这一吻后悔了，并且在她的信里，没有任何太个人的内容，尤其是没有任何关于我们俩的。她和我聊的还是她的舅舅，他们很难找到一个合适的住处：他想找一座类似格拉茨家里的那种房子，人们给他建议的却是位于一座匆忙建起来的楼房二楼的一间公寓。公寓有两间卧室，客厅和厨房连在一起，卫生间还要和其他两家共用；而且位于海法城里一个阿拉伯人和犹太人已经高度对立的街区，没有哪一天不发生交火和谋杀。克拉拉没有预想到暴力事件会这么严重，她在信中曾经两次或三次提到"悲剧般的误解"，并且认为这种误解应该消除。

她不能接受的是，纳粹分子刚刚失败，被希特勒所厌恶的两个种族就成了死敌，已经到了置对方于死地而后快的地步。每一方都认为自己才是不公正待遇的受害者，自己才享有重建的权力。犹太人因为刚刚经历了一个民族可能面对的最悲惨的局面，险些被彻底地种族灭绝，所以他们下定决心要不计一切代价阻止同样的历史重演；而阿拉伯人则是因为犹太人修复伤痛竟然损害到了自己的利益，而他们在欧洲所犯下的罪行中什么都没有做啊。

克拉拉在信中平静地分析了形势，甚至并没有站队，而当时不论是在犹太人之中，还是在阿拉伯人之中，愤恨都已经到达了顶点。另外，她也并不满足于仅仅做一些分析，她要行动，她会抵抗，就像在战争时期一样。但是这一次，她抵抗的正是战争本身。

事实上，当我说自己对这第一封信有一些失望时，我想说的是自己原本期待的是一封情书，或者至少回应一下我们之间已经产生的关系。然而没想到的是，我手中握着的却是一封"战友"的来信。

看起来周围发生的冲突给克拉拉带来了极大的震动，让她下定决心，倾尽全力，斗争到底，"克制冲突"。她还带着一些庄严地告诉我，她已经加入了一个武装组织，名叫"巴勒斯坦阿拉伯和犹太联合工人党"。她对我说了很多组织的目标，他们都带有最美好的憧憬，尽管人数很少——这一直都是一个英勇的小团体——他们也希望自己能改变历史的进程。

那么我本人对他们所做的一切是不是持怀疑态度？至少在当时并没有我今天说话时流露出的那么多。经历过三十年的冲突，就连想到巴勒斯坦阿拉伯和犹太联合工人党这个组织竟然存在过哪怕一天，都会让我们发笑。这种笑在某些人那里可能是嘲笑，在我这里，却更多的是同情的笑。但在当时，我的反应并不是这样。如果让我重新找回当年的心态——当然这并不容易——我相信我还是会为克拉拉和她的同志们的规划热烈鼓掌。因为这正符合我的理想，而不只是因为这个计划出自她。

从这个组织的名字就能看出，它完全是左翼的政党。在当年，您还希望那些反对种族或宗教仇恨的人们喊出什么口号，除了下面这一句："工人们，让我们团结起来！"这个口号并不能让我们走得更远，但这似乎是唯一能表达这个意思的方式：不要再自相残杀了！

不过我们还是先回到克拉拉和她的信上面吧。我很快就回了信，当天或是第二天，用法语。我一上来就用"你"称呼她，希望她能注意到，并且以后也用同样的称呼。但是没有任何其他的亲密表示。我也学着她的样子，对她讲了我回来之后这几个星期所做的事。也就是说，基本上都是一些讲座，我作为主讲来介绍"我的战争"。

我还没有说到这一点，但这些讲座就是我最主要的活动，甚至可以说是唯一的活动。正是通过这些讲座，我才在国内变得几乎家喻户晓。

这一切的开始纯属意外，从某种意义上来说，是因为一次突发事件。离我家不远的地方，有一个体育和文化社团，组织者跟我的父亲非常熟悉，他们决定举办一次庆祝活动来向我这个"英勇的抵抗者"致敬。他们已经租下了一间大厅，支付了费用。但是约定日期的一星期以前，我的祖母突然去世了。这下当然就不可能再有什么庆祝活动了。不会有舞曲，也不会有沙龙舞。不过，他们向我建议，与其取消一切活动，不如就来简简单单地讲一讲"我的战争"，讲一些其间发生的奇闻异事，回答听众的几个问题，这并不违反葬礼期间的任何传统。

在原本打算举行舞会的舞池里，人们摆上了几排椅子，还给我准备了一张小桌子和一杯水。

我什么都没有准备。开场的时候，我先提到了一些回忆，这些都是立刻重现在我的脑海中的，我用的语句十分简单，语气更像是知己之间说的知心话。那些习惯了一听就是演讲的演讲的人，都沉默了。从他们的沉默，他们的呼吸，他们的叹气，他们无意中发出的赞许和惊讶声中，我能感觉到：在我和这些听众之间产生了共鸣。当天晚上，我就收到了三份邀请，让我去做演讲。之后，接下来的几个星期里，二十份，三十份，六十份，在首都的所有城区，在滨海省份的其他城市，甚至还有山区的一些村子，所有人都认真地听我讲，两三个小时，注意力没有丝毫的松懈。而我也从中体会到了之前从未发现过的快乐。人们都被我吸引了，而我也好像突然明白了应该怎样吸引别人。我从来都不吝惜自己的时间。

至于我父亲，仍然带着对我的期待，因此也不必说他是用怎样的眼光来看待这些讲座的了。至于有什么新鲜的，倒是发生在我自己身上的，我甚至一点点地相信，自己命中注定能成为"领袖"，成为人们的领导者。回顾了我在抵抗运动中走过的路，再加上这些新的经历，我人生中第一次觉得，哪怕我的身体一直都在抗拒，我父亲，还有努巴尔对我的预感，冥冥之中有可能是真的。可能，归根到底，我的未来真的是由命运决定的。可能吧，我是说可能，因为这个念头占据我的内心，从我的角度来说并不是没有抵抗过，我再重申一下。

昨天我跟您说过——或者是前天？——战争结束后，我就没有心思继续学业了。可能正是由于这种满足感。是的，很多事情往往就是这样开始的。我感觉到，自己的眼前已经没有一条路是封死的了，我只需要往前走，好像障碍都已经不存在一样。坠落也就是这样酝酿着的。

但关于这一点，我太超前了。坠落，我还没到这一步，我的羽翼仍然丰满，我的快乐也没有枯竭。

有一天，在社区的电影院举办讲座的时候，我相信自己在后排坐着的听众中看到了克拉拉，她在来之前并没有告诉我。

我再也没办法坚持了。对于像我这样自觉在恋爱的人来说，这就是幸福！对于演讲者来说，这就是灾难。像从前那样演讲，需要我完全沉浸在自己的世界里，精神高度集中，以便发挥出最大的天赋，就像舞台上的演员一样。而那一天，从我认出她开始，我的思想就已经开始浮动：太多的疑问，画面，太让人不耐烦……所以我把讲话压缩了，很快就做了结语。之后我请求听众原谅我无法回答问题。"家里的原因"，组织者赶紧帮我打圆场，并要我承诺肯定会回来。

半个小时之后，我们已经坐在我家的客厅里。我首先把克拉拉介绍给了父亲，他和她说了几句话之后，就很优雅地退了出去。

她是带着任务来的。她所在的党派正在筹划报纸，第一期很快就要出版了。她打算刊登一些抵抗者的自述，包括阿拉伯人和犹太人，在不同的国家和纳粹分子斗争的经历。这样做的目的显而易见：说服两边的人，让他们明白应该为双方共同的将来一起努力。

从这个角度看，我的见证是有一定价值的。

在客厅里，克拉拉坐在了最硬的那张沙发上。我建议她坐另一张，但是她觉得这样更方便写字。之后她拿出一个记事本，铺在自己的膝盖上。她穿着有褶的白色裙子，裙子上是绿色和黑色的苏格兰式花纹，上身是一件白色的长袖衬衫。她看上去还有些像学生。她希望我讲一讲战争时期的经历，从头讲到尾，从我到达法国，一直到我回到自己的国家。对我来说，这不过是把我这几个星期在越来越多的听众面前讲过的故事原样重复一遍而已，是再简单不过的了。但是我一直没有说话，不知道从哪里开始。

由于我沉默了太久，她想帮我把事情简单化一点："想象你自己在一个坐满人的大厅里，面前都是对你的人生一无所知的听众，然后开始吧。"

"好的，我这就开始。这并不简单，像这样，两个人坐在客厅里，而你自己对这个时期的了解本来就很多。但我会尽力的，让我先集中一下注意力。"

然后又是长时间的沉默。

"克拉拉，我想让你答应我。不论我说什么，不管是什么情况，都不要打断我，直到我告诉你'我说完了'。尤其是，你不要看着我，你只盯着自己的记事本。"

"我答应了！"

她因为我的顽皮笑了起来，但是有些不知所措，可能有些同情吧。又是一阵沉默。然后我说出了这些话，到现在我都没有忘记：

"从我们上一次见面之后，我想了很多，现在我已经确信自己爱上了你，毫无疑问。你是我一生的女人，将来我不会再有任何其他的女人。你在身边的时候，我会全身心地爱你；你不在身边的时候，我也爱你。如果你没有和我感觉到同样的东西，那我就不坚持了，因为这实在是一种太过强烈、太过自发的感觉，它必须完全而彻底地占据你的内心，因为这不是能够日久而生的爱。所以，如果你感觉不到，那马上我们就聊些别的。但是如果上天眷顾，你和我感受到了同样的东西，我就将是世界上最幸福的人，然后我想问你：克拉拉，你愿意成为我的女人么？我会爱你到生命的最后一刻……"

这些话我一口气就说完了，因为担心她会打断我，也因为害怕自己用词出错。我一次都没有看她。当我停下来之后，我仍然没有看她。我担心从她的眼中看到无动于衷，或者是同情，或者甚至是惊讶，因为我并不能确切地知道，自己的这一番告白是不是让她吃惊。任何吃惊的表现都会让我觉得，我们的思想并不在同一个层面上，她在这之后所有可能说出的话，都像是出于礼貌和安慰。

所以我没有看她。如果我能像把眼睛转到别处那样，把耳朵也转到别处的话，我肯定那么做了。就像看到她的眼神一样，我同样担心听到她的话，听到她的语调中带着无感、同情。我只听到她的呼吸声，热烈得就像是一声叹息。

"是的。"

她说"是的"。

这无疑是最美妙的，也是最简单的回答，却也是我最没有料到的回答。

她可能会扭扭捏捏地解释说，在这样的局势下，看上去不太可能……我就会粗暴地打断她，对她说："我们不聊这个了！"她会让我保证我们还是好朋友，我会说："当然！"但是我肯定再也不想看到她，也不想听人提起她的名字。

她也可能与此相反，告诉我从我们第一次见面开始，她也感受到了相同的东西。那样我也知道接下来说什么，做什么。

这个简单的"是的"，这个生硬的"是的"，让我一时说不出任何话。

我差点就要问她："是的，什么？"因为她刚刚可能只是想说"是的，我听到了""是的，我注意到了""是的，我会考虑的"。

我看着她，带着不安和怀疑。

这次是真正的"是的"，是最纯粹的"是的"。因为她的眼睛里已经满是泪水，脸上还带着恋爱中的女人的笑容。

周五晚上

　　我在那一刻离开了奥斯亚尼。随便找了个什么借口——我跟其他人有约，没办法推掉。我觉得我应该要回避一下了，留下他一个人独自回味刚刚浮现在他眼前的场景，让这个幸福的时刻再延长一点，让他再听一次那些话，再看几遍他深爱的女人的脸庞。很快我就可以再回来继续我们的谈话。

　　他很感激地帮我打开门，甚至还陪我踩着走廊里布满灰尘的泛黄地毯，一起到了电梯那里。

　　下午晚一点时候，我回来了，他的快乐依然挂在脸上。他问我："今天早上，我说到哪儿了？"这并不是因为他真的忘了，我想，这只是因为他想听我回答：

　　"她刚刚说了'是的'。"

　　我摘下钢笔的笔帽，打开了一本新的记事本。就像之前三次开场的时候一样。我在第一页写下"周五晚上"，然后翻了一页。但他看起来还在琢磨着该怎么讲下去。

　　"我可不可以请您不要立刻就开始记录？"

　　我又盖上了钢笔帽。我等啊，等啊。他的声音终于传了过来，像是来自很远的地方。

"克拉拉和我，我们拥抱了。"

我敢肯定，他把这个秘密告诉我的时候，脸肯定是红的。我低下了头，把这些都说出来，对他来说是有一定困难的。在说出这句话之后，他又开始在房间里踱步，脚步很轻快，但没有再说其他的话。随后，等他终于完成自己这一趟奇妙的旅程，并突然发现我竟然在场的时候，他翻了翻手掌，对我说：

"就是这样了！"

我相信在他内心，这一幕已经结束了。于是我习惯性地压了压笔记本的纸页，准备接着记录他所讲的故事。但是我又有些犹豫，下不了笔。他眼中透露出一丝微光，让我觉得他还没有从内心的朝圣之旅中完全走出来。所以我又把笔盖好，然后动作夸张地装进外套里侧的口袋。我还合上了笔记本，然后抱着肩。他笑了起来，整了整衣领。我的眼睛盯着他的喉结。

在我看来，提到他人生中的这一段，让他变得年轻了，兴奋了，甚至还有点调皮。

我应该如何在不出卖他的前提下，复述他的这些知心话？哦，他并没有跟我说过任何与他黎凡特的羞耻心不符的内容。然而，要把当着他的面并没有记录下来的话安在他的身上，我心里也是过意不去的。如果仅仅是粗线条地描述一下，我内心受到的谴责会少很多。

他陪着克拉拉回到了巴尔米拉宾馆，她在那里有一个房间，就像上一次来的时候那样。他们经过了上次她吻上他的嘴唇的那个地方。这一次，周围还是没有任何人。于是奥斯亚尼还了她一个吻。同样，也是像鸟啄了一下。之后他们牵着手一起上了楼梯，他们的目光再也没有从对方的身上移开过。

房间在三楼，有一扇巨大的窗子，左边对着的是港口的一些建筑，右边则是海岸线广阔的海平面。她把窗户打开。伴着城市的喧嚣一起涌进屋子的，是一阵温热的海风。他们略显潮湿的手握在一起，让彼此感到安心，而他们的眼睛则因为喜悦和羞涩不愿睁开。

他说话的时候，因为没什么可写的，我正好可以观察他。我之前已经发现他很瘦，很高，但是这一次他看起来被拉长了，是的，整个都被拉长了，他的腿，胳膊，上身，尤其是脖子，我觉得跟他这个孩子般的白色小脑袋比起来简直长得可笑。可能就是因为这一点，他的头才总是偏向旁边。在我面前是这样，之前我历史课本的照片里也是这样。

他仿佛没有感觉到我的目光，继续沉浸在自己的世界里，好像臂弯里还搂着自己的女人。

"当天晚上，我们到圣乔治湾附近的海滨大道上散步。当时我们就谈到了结婚。"

是的，就是当天晚上，我们为什么还要再等下去？幸福就像一根粗绳子一样交到了我们手中，我们应该握住手，紧紧抓住它，不让它溜走。我们将来的见面，这一次再也不可能交给机缘巧合来替我们决定了。

我们两个人都希望，接下来的每一刻都生活在一起，永远在一起。如果有什么障碍的话，我们也会排除它们。哦，在我们看来，没有什么是不能克服的。还剩下一些决定要做，还要做出一些选择。首先：什么样的婚姻？当时的贝鲁特没有民事婚姻。我们也不想要宗教婚姻。我们不想通过谎言让我们在一起，不论是她还是我都对周围的宗教没有什么太大的兴趣，那么为什么这么做呢？

另外，就算是宗教婚礼，我们应该选择哪种宗教？她的，还是我的？每一种方案带来的麻烦，都比它能解决的问题要多！不，我有一个更好的主意：假证雅克。

"你想要办假结婚证？"克拉拉一脸惊恐地问我。我纠正了她。雅克曾经是巴黎地区一个小城市的市长，战争结束的时候他才告诉我这个秘密。现在他已经准备好重新披上市长的绶带了。还有谁比他更适合见证我们的婚姻呢？他是第一个让我们相遇的人，尽管他不是有意的。在里昂的那天晚上，我们两个人等待的不都是他么？我们很快就做好了决定：两个人单独去法国，举行一个最简单的结婚仪式，然后再回来和家人一起举行婚礼庆祝。

我把计划告诉父亲的时候，他一刻都没有犹豫。"聪明，漂亮，深情……还有革命！还要求什么呢？"他很高兴。从第一刻开始，他就已经接纳了她；而她本人也已经给他行过了礼，就像她找回了一个父亲，有趣，声音洪亮，还有点脆弱。

剩下的就是斯特凡舅舅了。克拉拉对他的反应并不太确定。她只是考虑应该要征求他的同意，但是她已经下定决心，就算他说不，她也会置之不理。所以我们决定分头行动，用几个星期的时间去做一些必不可少的准备工作：通知亲朋好友，办理需要的证件。之后在巴黎碰面，关于日期，具体时间，地点……

最后定在 6 月 20 日，正午，钟塔河堤。

为什么是钟塔河堤？因为我当时在里昂的"工坊"时，有一名同伴给我讲过一个战前的故事，故事中的情侣们就在钟塔河堤，具体地说，是"在两座小塔之间"，他还拿出一张地图，给我指出了具体位置，就在塞纳河边。他的动作印在了我的记忆里，可能我已经把它当成了一个符号，当我想找一个地方当作见面地点时，出现在我脑子的就是这个名字。

在巴黎，一切都按计划进行，甚至比原本计划的更好。我和克拉拉几乎同时到了小塔旁边，她在河畔的一边，我在河畔的另一边。

假证雅克——尽管他已经恢复了令人尊敬的官职和民事身份，我还是忍不住要这样称呼他——他本人已经提前联系了结婚仪式的见证人。我这边是贝特朗，克拉拉那边是丹尼尔，也就是我们在里昂第一次见面时的女房主。

市政府的光线很昏暗，也没有什么人，让我们觉得自己又回到了秘密时代。这并不是想让我的朋友们不开心，因为一想起这个刚刚过去，就连一个动作都还历历在目的时代，每个人的心都像是被钳子夹住一样。比如说，走在大街上不被人认出来，在当时可是不断重复的壮举；而现在，走在街上不被人认出来，只是日常的苦恼而已。经过四年的时间，我们都已经习惯了重口味，现在又要如何重新喜欢上寡淡的食物呢？

我在当时并没有同样的苦恼。在抵抗运动中，我从来就不是什么大人物，充其量也就是个小角色，所以我并没有从梦想坠落到现实这种巨大的落差。一结束地下工作，我就回到了自己的国家，在那里没有任何人是无名氏。

另外，更重要的是我还有克拉拉。如果说我们走到一起是因为战争，那我希望我们共同生活在和平的年代。我不过象征性地怀念一下过去，真正热爱的却是未来，是我们即将共同生活的岁月。比如她加上我的姓氏之后和我共同走出的第一步，还有那些我们要第一次共同完成的事。我们告诉自己，每一次都是第一次。这是爱的承诺，但也是我们信守的承诺。我在拥抱克拉拉，或者哪怕只是牵她的手的时候，从来没有觉得视而不见，习以为常，平淡无味，或是爱的感觉已经过去。爱可以永远保持新鲜，感动也是。月复一月，年复一年，生命还没有漫长到能让我们感到厌倦。

　　从法国回来之后，我父亲为我们准备了在凯塔达尔家从来没有举行过的盛大庆祝活动。去法国之前，我曾经请求他不要太挥霍。他只是跟我说："你就让我开心开心吧！"我就由他去了。我之前担心的挥霍，他全都做了。两支乐队轮流演奏，一支是东方风格的，另一支是西方风格的；几百位客人；一个太过巨大的蛋糕，我们都要把它贴着地面，才能运进门框已经非常高的餐厅。我都没办法描述那些灯光，还有多种多样的食物……对于我父亲这个一辈子都咒骂暴发户的人来说，这一次他自己的表现也像暴发户。但是最终他很开心，克拉拉也很开心，我们还要求什么？

　　那我呢？我不开心么？我不想显得自己脾气古怪，只是我对嘈杂的乐器声真的没什么兴趣。虽然这么说，我还是很开心的。很开心能经历这样的庆祝仪式，很开心能时不时地牵起克拉拉的手，或是和她交换一个眼神，或是听到她在我身后发出的笑声，或是晚上听她说自己累坏了，然后把头靠在我的肩窝里。我同样很开心能够见到多年没见的人，首先就是我姐姐，她专门从埃及赶回来参加我的婚礼，当然还有那个我从没见过的姐夫。

　　当然，亲戚中还有斯特凡。我父亲专门给他写了信，还派了一辆汽车去接他。从海法到贝鲁特也就一百五十公里的样子，但是在当时却需要四个小时，因为路上有很多检查站。他到得挺早，还不到中午。在客人们涌进房子之前，我们有充足的时间互相认识一下。

我担心这次见面么？并没有。但是克拉拉显得很紧张。她对这个舅舅完全保留着从父母那里听来的不信任。但是我们能指责他什么呢？就因为他是一个有钱的老男孩，性格古怪，游手好闲？我很确信他能跟我父亲相处得不错。他们两个都是 19 世纪的老古董，不太习惯 20 世纪的生活，他们肯定能找到相似的怀旧感。

要说让我真的感到有点害怕的，是我大半天都没有露面的姐姐挽着她的丈夫进入客厅的那一刻。想象一下这个场面：一边是马哈茂德，海法一个穆斯林大家族的儿子，他离开家很大程度上就是因为那里的阿拉伯人和犹太人关系紧张，并且他也预感到自己再也不可能回到家乡了；另一边是斯特凡，欧洲中心来的犹太人，最近恰好在同一座城市住了下来。他们两个都是我们这对新婚夫妇的近亲啊。

我打算用最简短的方式给他们两个人做介绍。马哈茂德·卡玛利，我的姐夫；斯特凡·特梅尔雷斯，克拉拉的舅舅。他们两个人握了握手。

就在这时，我父亲突然用法语大声说道：

"你们两个人有些共同点。马哈茂德的家乡是海法。我们儿媳的舅舅恰好也住在海法。"

我和克拉拉交换了一个眼神。我们的手紧紧握在一起，像是为了能更好地面对眼前的狂风暴雨。

"你们两个人坐近一点吧，"我父亲继续说道，"你们之间肯定有好多话要聊。"

他很坚持，不是么？但是千万不要觉得他是不小心，或是缺少分寸。他这样做更多的是一种挑战，从某种意义上来说，是因为他精神上的对抗。对于声称应该"保持"敏感性和归属感这种在黎凡特地区广为流行的意识形态，他从心底里十分鄙视。比如，这种意识形态就要求他在客人们的耳边低声说"小心，这个人是犹太人！""这个人是基督徒！""这个人是穆斯林！"。于是人与人之间不得不去指责那些人的日常言论，那些通常在"自己人之间"说出的话，而想用虚情假意的陈词滥调来表达对对方的尊重，实际上表达出的却是蔑视和疏远，好像不同的人竟然是不同的物种一样。

如果他安排坐在一起的两个人互相撕打起来怎么办？更糟的是，他们确实有理由打起来，这一点就足够了。而他的责任，就是把他们都当作人来对待，让他们共同面对将来的风险。如果他们的表现不值得人尊重，那对他们来说可真糟糕。而如果因为这件事，我们的庆祝活动中断了怎么办？那就更糟了，因为这说明我们根本就配不上这样的庆祝活动！

我和克拉拉的第一反应，就是担心他们会吵起来。这显得不太勇敢，但也应该适当地设身处地为我们考虑考虑。我们不希望仇恨在我们两家之间越积越深。随着时间流逝，我们的结合已经不是一件简单的事，我们更需要不被周围的仇恨所影响。

但是这只是第一反应，出于本能的。在交换眼神时，我们看到对方的眼中，同时都有喜悦和不安。随后我们一句话都没说就离开了房间，几乎是后退着溜出去的。

一个小时之后我们才回来。我们意外地发现，他们两个人，一直都是他们两个，一直都在同样的座位上，一起发出了无尽的大笑。其中的原因我们当然不知道，但是在远处的我和克拉拉同时松了一口气，并为我们过分的担心感到有些羞耻。

过了一会儿，发现我们在场，并看到我们脸上疑惑的表情之后，马哈茂德和斯特凡舅舅一起举起酒杯，向我们致意了一下。

看起来他们成了世界上最好的朋友，我多希望他们一直这样下去！但是不会，天啊！可能已经太晚了吧。

但是，他们也不会吵架，这一点也很确定。完全不会。一直到最后，他们对对方的态度都不仅是礼貌而已。他们一直都平静地坐在并排的沙发里聊着天，用英语讲着那些不像是真实的故事，就像是两位在俱乐部里的绅士一样。更多的是我的姐夫在一个接一个地讲些趣闻，有时手舞足蹈，有时极力模仿，有时压低嗓音，看到对方脸上欢乐的表情，他说得更起劲了。

但是突然之间，看不出什么原因，事情就变糟了。另外的一些客人走到他们身边，当然要相互介绍一下，还有相互行礼。这时马哈茂德说了句抱歉，就退了出去。

稍晚一些时，起了一阵凉风，我上楼想拿一件毛线衫。我姐夫在那儿，坐在沙发上，藏在黑暗中，看上去很难过。我甚至觉得他在哭。我差点就问他到底怎么了，怕他难堪，我还是忍住了，假装没有注意到他。今晚他肯定不会再出现在大家面前了。

究竟是什么让他变成现在的样子？下楼之后，我把情况告诉了姐姐。她看上去很担心，但是一点也不惊讶。最近一段时间以来，她丈夫经常这样：每次有人在他面前提到海法，刚开始他都会表现得很兴奋，会讲很多过去的故事，关于遥远的过去以及他自己的童年之类的，他的眼睛闪着光芒，人们都很高兴地听他说话，看着他；然而，只要有片刻的安静，他就会突然皱起眉头，因伤感而变得阴郁。

他从来没有跟别人说过自己内心的想法。但是有一天，我姐姐建议他出一本书，写下他经常提起的那些有意思的回忆。他两手一摆，就算是拒绝了："我的回忆？我不过是把泥土翻到阳光下，就像掘墓人的铲子一样。"

至于斯特凡舅舅，和马哈茂德聊天对他则是产生了不同的作用，相反的作用——我可以这么说。通常他都是沉默寡言的，甚至是爱低声抱怨的，但他在当晚剩下的时间里显得完全放开了，和年轻人开玩笑，挑逗在场的女士，眼睛不停地寻找溜走的同伴。

晚上快结束的时候，他看到克拉拉，快速跑到她身边，把她拉到一旁，用最严肃最私密的语气问道：

"你不觉得肯定有方法能和解……和他们？"

"看看周围吧，斯特凡舅舅，我们已经和解了！"

"我说的不是这个，你肯定懂我的意思！"

那天晚上，我这么多年来第一次和姐姐聊天，借着这个机会我问她，她的丈夫是不是父亲口中那个虔诚的教徒，总是跪在祈祷毯上不停地拜啊拜的。她笑了起来，她告诉我，有一天马哈茂德遇到父亲正在大肆攻击宗教，他觉得很受伤，就是这样了。这也是我和父亲的一个不同之处。有时候我们想的一样，但是我总是避免说出那些伤害在场其他人的话。而他不是，他总是不留余地，穷追猛打，相信自己掌握的才是真理。

哪一种态度才更好呢？今天我后悔自己没有像他一样，但肯定是因为我一直生活在一个强大声音的阴影之下，才没能如他期待的那样变成造反者。

在这第一次的庆祝活动之后，在海法还举行了另外一次。场面小了很多，但是很让人感动。一开始，我和克拉拉觉得没有这个必要，因为斯特凡舅舅已经来过了贝鲁特，但是巴勒斯坦阿拉伯和犹太联合工人党的成员们十分坚持。对他们来说，这看上去非常重要，而我们也不想违抗他们的意愿。

他们一共来了二十来个人，犹太人和阿拉伯人都有，可能犹太人比阿拉伯人稍多一点。组织者之一，纳依姆，在庆祝仪式上讲了话，他说他觉得我们的结合是一种典范，我们的爱情体现了对仇恨的驳斥。

纳依姆在这群人中显得挺奇怪：嘴上一根散发出阿勒颇樱桃味道的大烟斗，不停地被他重新点着，头顶上是灰色的圆形头发。他既不是工人，也不是真正意义上的知识分子，而是一个破产的工厂主。其他人不管出于什么逻辑，都应该对他充满鄙视，因为在他们的指导思想里，对于阶级的划分就是这样要求的。但事实完全不是这样，没有任何人怀疑他深层的动机，也没有人怀疑他的忠诚，甚至在开会的时候，所有人都还默认他有一定的优先权。人们都说，他的家族曾经占有半个城市。这是黎凡特的表达方式，意思就是他们曾经非常富有。30 年代的经济危机让他们家破产了，就像其他好多人一样。纳依姆的父亲和母亲，以及他的叔叔和舅舅们因为痛苦和怨恨相继离世，倾尽前人留下的家产来还债这个不太讨喜的任务就压在他身上了。他卖掉了全部，失去了全部，只剩下海边的这座房子。这是奥斯曼时期建造的一座老建筑，宽敞并且曾经很豪华，但是因为他没有钱维护，当我看到它的时候，它已经显得过早地破败了。斑驳的墙体，有些部分甚至都坍塌了，花园里长满荆棘，卧室里只有草席和旧床垫，屋顶也破了大洞。但是他的房子依然显得尊贵、安静和迷人，为我们准备的庆祝活动就在那里举行。

那天晚上，我们两次听到远处的爆炸声。我是唯一一个显得激动的，其他人已然对此习以为常，他们只是漫不经心地思考着爆炸声可能的来源。舞会只中断了几秒钟，之后又伴着租来的留声机发出的音乐声继续进行了。

这个夏天的庆祝活动真不少，不是么！身处这样的漩涡之中，克拉拉和我都极力避免让自己认真考虑那个无时无刻不困扰我们的问题：我们要去哪里生活？我们唯一确信的，就是一定要在一起，这是当然，但是去哪儿？

如果让今天的我来做这个决定，那我完全知道应该怎么办。我们会在夏天结束的时候去蒙彼利埃，在那里我会继续学习医学，而她则继续学习历史。今天我非常确定，这是唯一应该做的事。如果在当时那个年轻的我的头脑里，能够出现今天这个睿智的我的声音，那么这个声音一定会说："逃命去吧！牵着你的女人，牵紧了，跑吧，快跑吧，赶紧逃命吧！"但是当年那个年轻的男人和女人除了眼前的幻象，并没有听到其他的任何建议。一场风暴就要席卷整个黎凡特，而我们居然想靠自己的双手阻挡它！事实就是这样。所有人都已经接受了这个事实，那就是看着阿拉伯人和犹太人互相残杀，可能几十年，可能几个世纪，所有人都觉得这个事实无法避免，英国人和苏联人，美国人和土耳其人……所有人，除了我们两个，以及少数几个像我们一样的梦想家。我们想要阻止这场冲突，我们想用爱情给人们指出另一条路。

您说这很勇敢？不，这是疯狂！我们可以许愿，要和平，要和解，这值得称赞，这很美好，这让人钦佩。只是，把我们的生命全都赌上，还有我们的幸福，我们的爱情，我们的结合，我们的未来，却从来没有一刻想到过我们可能失去所有的赌注？今天我会说，这很"愚蠢""荒谬""疯狂""糊涂""找死"！可在当时，我说的不是这些。我并没有想到，我们本来可以去法国待上三四年。那是 1946 年，如果这样我们就可以躲过这场飓风……拜托，让我停下来吧，我可以这样唠叨很久，我已经不知道这样说了多少次了！

所以我们决定留在黎凡特。穿梭在海法和贝鲁特之间。边境开放的时代，沿着海边的公路，这个距离并不远。我们有两个母港，两个"停靠港"，从前我们这样表达，还有一些房子，但是没有一座房子是单独属于我们的。在海法，我们有时住在斯特凡舅舅的公寓里，有时住在纳依姆那里。在贝鲁特，我们不可能住在家以外的地方。因为房子很大，又只有我父亲住在那里。所以很自然，我们就在那里安顿下来。克拉拉就像在自己家一样，她完全是房子的女主人。我是那么疯狂地爱着她，我父亲也很疼她。

那么我们是不是更喜欢黎巴嫩的房子？可能吧，我也不知道。因为开始的时候，我们去海法也特别频繁。克拉拉答应舅舅，每两个月就会来看他一次。她心里同时也记挂着不能错过党内的会议。另外我们也觉得和纳依姆的关系越走越近，在我看来，他已经成为我们两人共同最好的朋友。他的房子也是那么招人喜欢。他那个长满荆棘的花园，一直延伸到海边，每次去那里，我们的心中都充满赞叹。但是，大多数时候我们在贝鲁特生活，我们也是在那里重拾了学业。

关于我，我更应该说"尝试着重拾学业"。我在法语医学院注册了。那个学校由耶稣会的几位神父主持，教学质量可是一点都不比蒙彼利埃差。我原本可以在那里完成全部学业，从头学起。但是在十八岁的时候，我一心想的是走出父亲给我造成的阴影。当时我是为了离开而学习，不是为了学习而离开。

现在，我的态度已经不是这样了。我再也不想远离我的父亲，他太孤单了。而且自从我成为人们口中那个抵抗运动中的英雄人物之后，我和他的关系已经从头到尾发生了改变，我结婚之后更是这样。他已经老了，现在，房子的女主人是我的妻子。

克拉拉进了一所大学，在那里她一如既往地非常活跃。积极战斗，勤奋好学。她甚至开始学习阿拉伯语。

但是至于我，我刚刚说过，我是"尝试着"去学习。是的，仅仅是"尝试"。

从我坐到教室的板凳上开始，我就觉得自己很难把注意力集中在我正在读的书本上。甚至完全不可能记下任何东西。刚开始的时候，我告诉自己这很正常，毕竟学业已经中断了五六年，在那期间我所做的是完全不相干的事。但是注意力的问题非常顽固，问题发生的频率远远超出了我能承受的范围。我曾经对自己的记忆力和理解力那么骄傲，而那时我只能感受到自己的无力。我很惭愧。

当然，我应该去找找解决的办法。但是我拒绝承认自己的身体有什么异常是需要医疗手段治疗的。我更喜欢安慰自己事情会随着时间好起来，然后就是试图让自己散散心消遣一下。

哪些消遣？首先是我的讲座。我又参加了几次讲座，内容当然还是我作为抵抗运动参与者的一些回忆。另外就是我的幸福，当然把幸福说成是消遣不太合适，但是它却一直发挥着这样的作用。在克拉拉的陪伴下，我觉得自己那么幸福，于是我尽量不让我爱情生活之外的任何事情打扰到我们。每次我们牵起手，感受着对方的心跳，我就再也听不到自己的恐惧，或是外面世界的任何嘈杂。我尝试着说服自己：一切都会好起来的。

从某种意义上来说，一切还能变得更好……

不，这不是真的。在我们身边，没有任何事变得更好。但是看一看我们不久之后将要面对的处境，我们当时简直就是在伊甸园里。

您还记不记得，那个时期，很多人谈论的都是把巴勒斯坦分成两个国家，一个给犹太人，一个给阿拉伯人。1947 年，两个民族之间的仇恨如此高涨，已经让人不可能在公开场合宣扬和解。到处都是暗杀、游行、交火，到处都在叫嚷着要开战。要想去海法，再从那里回来，每一次的路程都会变得更加危险。

克拉拉和我已经是等待受刑的牺牲品了。随后，世间的丑恶给了我们几爪子，就把我们从藏身之地赶了出来。

命运的转折点，可能就出现在我弟弟凭借最后一次大赦，离开监狱回到家的那一天。

那天下午刚刚开始，我们三个人还坐在餐桌旁聊着天。当天早上，我们刚刚得到了最好的消息：克拉拉怀孕了。她最近几天经常呕吐，所以去看了医生，这时候刚刚回来。我们所有人都很高兴，尤其是我父亲，他甚至已经预想到了怀里抱着孙子的样子。他说话的样子就好像我们为他准备了最好的礼物。但是突然间，外面传进来一辆车的声音，车停下来，很快又走了。一扇门砰地关上，急促的上楼的脚步声……我弟弟萨利姆回来了。

我去监狱里探望过他么？没有。一次都没有。别忘了这个混蛋都做过什么！我父亲？就算他去过监狱，他也从没有跟我提起过一个字。我可以跟您说，我们所有人都想翻过这一篇。我甚至都相信，我们已经成功地把他忘掉了。

但他还是回来了。在一个最不应该的时刻，在我们最不期待的时候。在我们最不希望他到场的时候，他回来了。从监狱直接回了家，回到他的卧室里。立刻他就锁上了门。为了打消我们当中有人想上来跟他说话的念头。

周围的空气瞬间就凝固了。这座房子变得不一样了，它再也不属于我们。我们说话时都压低了声音。片刻的功夫，我父亲就像变了个人。他的喜悦不见了，脸色也沉了下来。他什么都没说，既没有抱怨萨利姆的所作所为，也没有诅咒他，更没有打算赶他走，当然也没有打算原谅他。他一句话都没有，他把自己封闭起来了。

至于我们两个，我和克拉拉，这周结束之前我们就出发去了海法。

不，我和弟弟之间并没有发生任何意外，我们根本就没有冲突过，我们甚至都没说过话。那为什么我们还是离开了？我理解您的惊讶。可能我应该对您承认这件事了，说出这句话真的不容易，就连我自己也花了很多时间才接受这个事实，因为如果我想要否认的话，很多事情就变得解释不通了：我一直都害怕我弟弟。不，不是害怕，这个词有些过分了。就说我在他面前感到不舒服吧，我一直避免和他发生任何眼神的交流。

原因呢？我不想做过多太复杂的解释。我们成长的方式不同。他在成长过程中长出了利爪和尖牙，而我没有。我一直都受到家人的宠爱，所以并不需要去战斗。一切都得来的那么容易，那么自然。一切，甚至是英雄主义，甚至是激情。贝特朗，还有随后的克拉拉，所有这一切来到我面前，就像是在梦境中一样，我要做的仅仅是说"好的"。在所有地方，我都是一个受到过分赞扬的孩子，甚至在抵抗运动中也一样。我从来都不需要通过战斗来争取自己的位置。每一次，我眼前的路上出现一道障碍时，另一条路就会突然出现，如奇迹一般，并且比被挡住的那条路更宽，也更好走，所以我根本没必要经历考验。这一点也影响了我的世界观。我一直都赞成和解，再和解，就算有时候也有反叛精神，那首先反对的也是仇恨。

对我弟弟来说，恰恰相反。我甚至想说，他为了出生，是杀了人的。之后他始终要斗争，针对我父亲，针对我或者说我的影子，所有一切对他来说都是一场残酷的战斗，甚至包括他填饱肚子的食物。

有时候我觉得弟弟是一匹狼。这个比喻并不确切。狼之所以去战斗，只是为了生存，或是为了自由。如果没有受到威胁，它会径自走开，傲慢又悲壮。而我弟弟，我更想把他比作是回到野外的家犬。对这些曾经的家犬来说，它们长大的那个家，让它们既怀念，又仇恨。家在它们的一生中，永远意味着一种伤害：遗弃、背叛、不忠。这种伤害给了它们第二次生命，也是唯一被它们记住的那次。

在我弟弟和我之间，斗争是不公平的。我选择了逃跑。是的，逃跑，没有别的词更合适。

所以我和克拉拉出发去了海法。一段时间之前，我们就已经有这个计划了，只是因为加利利地区的路上不太安全，这个计划才一再被推迟。但是看看现在家里的氛围，我们最终下定决心还是要走，哪怕要冒一些风险。这不是一个最谨慎的决定，尤其我妻子还怀孕了。但是我们从来就不是谨慎的人，如果我们是的话，我们两个人就不可能双双投身到抵抗运动中，也就不可能有机会见面，不是吗？我们的身上，本来就有轻率和鲁莽这个传统。

那一天，路上显得特别空旷，但这也不足以让我们打退堂鼓，我们朝着前方全速前进。时不时地，我们能听到一些令人不安的枪炮声。有可能是爆炸，但是很远，我们假装什么都没听见。

最后一段路程，到了加利利地区之后，声音越来越近，也越来越清晰。有枪声，爆炸声，我们还闻到一股燃烧的味道。但是现在想要掉头折回去已经太晚了。

当时我们已经进了海法，就在法伊撒尔路和金士威路之间，离铁路不远。如果您不了解海法，那这些对您来说没什么意义。所以，简单说吧，在进入城北之后，两发流弹击中了我们的汽车。之后一次爆炸把我们从车里震得弹了起来。我们两个大喊着当时能想到的，但是十分愚蠢的话，"当心！"，然后是"是从那边来的！"。好像我们当心一些，或者知道子弹从哪边打过来的就能有什么用一样。

我紧紧抓住方向盘，朝前面猛冲过去。完全不可能向右转或是向左转了，我只能向前冲，然后下巴颤抖着不停地重复："别害怕！别害怕！别害怕！"我不停撞上石头，轮胎，车架，甚至可能还有尸体，我不知道，我什么都看不见了，我只有往前冲。我们最终开到城市的另一头，停在靠近海星灯塔的纳依姆家房子前，只有上帝知道这一切是如何做到的。我的手指需要好几分钟才离开紧紧抓着的方向盘。

那一天，除了这种恐惧，并没有发生什么更糟糕的事。我想说的是，我们没有受伤。还有什么比坐在汽车里，开在冒着烟堆满残骸的公路上，穿过好像来自所有方向的枪弹和爆炸时感受到的这种无力更难以让人承受呢。我们不是最胆小的那种人，但是这一次真的是太过分了。我们押上了两条命，甚至是三条。还有我们的未来，我们的爱情，我们的幸福。如此轻率地把这些当成赌注，难道不是一种犯罪么？

这次意外真的把我和克拉拉都吓坏了。突然间我们开始向往平静，甚至不想再出门。几个星期的时间，我们完全不想离开屋子，哪怕只是到花园里朝着海滩的方向走上几步。

我们每天都紧紧靠在一起，低声说话。我们不停地聊着即将出生的孩子，以及孩子将来会生活在怎样的一个世界。我们喜欢去想象一个不同的世界……我们越是慌乱，心中的希望越是强烈。明天越是黑暗，后天就越是阳光普照。

我说的话，可能让您觉得，尽管周围充满了压力和仇恨，我和克拉拉之间却从来没有吵过架，也从来没有过激烈的讨论。当然，就算是有过争论，也不是其他人能想象的那种。我甚至想说，事情总是毫无例外地朝着人们习惯看到的相反方向发展。克拉拉和我顶嘴的时候，也是朝着有利于阿拉伯人的方向，告诉我应该更理解他们；而我，当我指责她的时候，也是为了告诉她，她对同教的教友太苛刻了。这并不是我们有意安排，或是为了和睦相处而达成的协议，这完全是自发的，真诚的。每个人都自发地站在对方的立场上。

前几天，我在巴黎听到电台里一个犹太人和一个阿拉伯人辩论，说实话，这让我震惊。这种让两个敌对民族面对面的想法，让他们每个人代表自己的部族，故意去做一些不理性的争吵，是的，这种想法让我震惊，也让我厌恶。我觉得这些决斗粗俗，野蛮，让人倒胃口，我再加上一点，这也是跟我们最大的不同：毫不优雅。精神上的优雅，请原谅我又谈到过去的事，是的，精神上的优雅，克拉拉和我就是这样。克拉拉要求自己去理解阿拉伯人哪怕最过分的怪癖，并对犹太人毫不客气；而我对阿拉伯人也毫不客气，并且一直牢记犹太人在古代和近代遭受过的迫害，好让自己原谅他们的暴行。

　　我知道，我们简直天真到无可救药！但我们却比看起来清醒得多。我们都知道，现在只剩下我们梦想的这个未来了，但很明显它不属于我们。最好的情况，是它可能会属于我们的孩子。可能正是因为孩子即将来到这个世界，我们才有力量想要站得更高，看得更远。

　　每天早上，我都会把手放在克拉拉一天天鼓起来的肚子上，然后闭上眼睛。当我从收音机里听到，沿海的公路仍然无法通行时，我也不再担心了。在这座建在远离流血冲突街区的破旧奥斯曼建筑里，我再也不想离开。忘掉了外面的世界，忘掉了我的学业，忘掉了战争，我们的孩子就将在这里出生。

　　然后我离开了。

周六早上

奥斯亚尼对我讲述了他在海法的那段时光，他和克拉拉的散步，日常生活的细节，他们的信仰以及他们共同的梦想，我并没有完全记述出来。我感觉他有些进行不下去了。每次到了要讲下一段的时候，他就会突然倒转回来，再次地评论和自责。我耐心地听着，但是就不再写下来了。更多的时候我在观察他。很明显他的内心在挣扎，就像一大早起床前，当我们还沉浸在美梦中的时候，总会努力地闭紧双眼，不愿意醒来。

他最后的那句话，说得是那样的无可奈何，就像是最终要放弃了一样。

"然后我离开了……"

他突然停下踱步，坐在了床边。那天晚上，我们两个人谁都没有再说什么。

第二天，我才用自己的方式向他提出了问题：

"您想说的是，您一个人离开了？"

是的，一个人。没带上克拉拉。

什么能让我离开她？一封电报告诉我，我父亲已经生命垂危。这可能并不是准确的意思，但是我就是这么理解的。

从童年开始，我就一直有这种恐惧，当然这肯定也是十分普遍的，那就是担心突然有一天得知，父亲要死了。好多年，这都是我最为担心的一件事。童年之后，我不再经常想到这件事了，但是它一直都在我心中，随时准备给我带来伤害。

电报只是简单地说："父亲病了。"这封电报来自开罗，是马哈茂德在我姐姐的要求下发来的，而姐姐已经准备坐飞机回贝鲁特了。我弟弟通知了她，并且她很准确地猜到，弟弟一定没有像跟她联系那样通知到我。他肯定假装不知道到哪儿或是通过什么方式能找到我。

但是现在不是指责的时候。我们都要在父亲的床前见面。

他得了偏瘫，嘴已经严重扭曲了，但是他还是努力地想把话说清楚些。如果我们坐在或是跪在他旁边，把头靠近他一些的话，我们还是能听懂他说了什么。

他的第一个问题，就是问我为什么在这样的局势下离开了我的妻子。我没办法回答他"为了见父亲最后一面"，最好还是拐弯抹角一些："不用担心她。她住的街区是最平静的。"

"她已经怀孕九个月了吧，是不是？"

她实际上才第七个月，但是我不想纠正他。看得出来，这样的倒计时对他和对我的意义并不一样。他考虑更多的，是能不能幸运地在死前见到自己的孙子。他本来可以的。克拉拉分娩的时候，我父亲还在世，但是他永远也没能见到孩子。

除了这个可以理解的计算错误，他的头脑还是非常清醒的。

"你是怎么回来的，外面不是已经发生很多事了么？"

"从海上回来的。"

从海法到贝鲁特，冒险走陆路已经完全不可能了。我甚至都没有尝试，我知道还没等我走出市区，就一定会被迫折返回来。我只能去港口，在一艘准备向北方出发的罗马尼亚货轮上，高价买了个位置。

接下来的几个星期里，我父亲的健康状况时好时坏。他像一个帝王一样在巨大的床上伸展开来，满头白发散乱，面孔变形。他看上去并没有太多的抱怨，有时我甚至觉得他的新角色让他挺享受。医生跟我说的话，和我学到的类似的病例没什么差别，也就是我们的科学完全没有办法预测接下来会怎样："他可能某天夜里就会去世，也可能几个星期之后就能站起来，借助一根拐杖就能重新走路，然后在你们身边继续活上十年。要特别注意，尽量避免他的情绪剧烈波动，让他少说话，少做动作。"

但是怎么能在不惹他生气的前提下让他不说话，并且不觉得我们把他当成孩子对待？我们不断商量这个问题，然后有一天，我姐姐觉得找到了解决办法。

我们家里有两台同样的收音机，都是用光面的暗红色木头做的，很笨重，是父亲在开战不久前买的。一台在他的卧室，另一台在客厅。

卧室里的那一台，我们谁都没有碰过。每天父亲回到房间，晚上，或是午休的时间，他都习惯拧收音机的旋钮，在短波中寻找一些遥远城市的广播节目，卡拉奇、索菲亚、华沙、孟买或是希尔弗瑟姆，并在一个小本子上记下频道、时间、语言以及信号质量。

客厅里的那台接收不到那么远的信号。通常情况下都停在近东电台、英国广播电台塞浦路斯站；或者更偶尔，会在地区的一个广播台上：贝鲁特、大马士革或是开罗。

听收音机还有一定的仪式感。收音机播放的时候，没有人开口说话。我们也许会听到最严重的消息，最极端的评论，但是没有人会表现出赞同或不赞同，就连用一个"哦！"来表示惊讶都是很不招人喜欢的。有时，当客厅里有客人不了解这个规矩，只要他一开口，我父亲就会大声地"嘘！"一下，同时用手很优雅地做个动作制止。如果这样的情况一再出现，他就会做另外一个略显粗鲁的动作，把五指弯成一个猪嘴的形状；周围就会安静下来。如果需要讨论，那也只能等到收音机不再出声之后。

我至今还能记起这一幕，父亲躺在床上，挥舞着唯一能活动的那只胳膊，坚持要说话的时候，依菲特怒气冲冲地站起来，走到收音机旁边，拧开了开关。病人立刻就闭嘴了，就像条件反射一样。看到她取得的效果这么直接，我给了她一个赞许的眼神。当时的收音机需要几秒钟预热，然后才能发出一点点声音。就算有了声音，刚开始也是十分微弱的，就像是从很远的地方通过一根管道传过来似的。

那一天最先听到的几句话，我至今都忘不掉："战争刚刚爆发……"我姐姐的手还停在旋钮上，这时赶紧把旋钮朝另一个方向转。我父亲已经从床上坐了起来。"你的妻子……"他对我说。他的脸都在颤抖。如果我们要避免他的心脏受刺激，那我们选择的肯定不是最好的办法！

每当我回想第一次中东战争爆发时，出现在眼前的都是这个画面。那是 1948 年，5 月中旬。局势变化得非常快。英国对巴勒斯坦的托管结束；犹太人民委员会在特拉维夫博物馆召开会议，正式宣布以色列建国；接下来的几个小时里，阿拉伯国家纷纷参战。

　　诚恳地说，这些政治和军事的突变已经不能再影响我的情绪。很长时间以来，所有人就都已经明白，这个地区迟早会发生动乱。这些天里，唯一让我牵挂的，唯一让我揪心的是克拉拉和我们即将出生的孩子的命运。因为目前来看，一条国界将我们分开了，这条国界完全不可能跨越，并且将来很长时间都是如此。

　　您肯定会说，这条国界本来就已经有些难以跨越了：已经有一段时间，我们不能再开车经过。但这不是同一回事，完全不是一回事。过去在加利利地区的公路上开车很危险，这是事实。但是我们总有办法绕过去，通过海上，或是空中，或是绕一段路。正因如此，战争爆发前几天，一个记者，也是海法党派内的成员，来到贝鲁特执行任务，还借这个机会给我捎来了克拉拉的一封信。她告诉我不要担心，一切都很好，她在附近找到了一位经验丰富的接生婆，分娩的时候会来为她接生。她还询问了我父亲的身体状况，并说了一些鼓励他的话，以即将出生的孩子的名义。您看，人们当时还可以流动，沟通。战争一开始，这一切就都结束了。国境完全被封闭。不论是人员、信件，还是电报、电话，一切联系都中断了。我们之间的距离没有变，不过是三四个小时的路程，但是这只不过是理论上的距离了。事实上我们已经隔了几个光年，我们已经不在同一个星球上。

　　我把这个世界上最宝贵的东西留在了不能跨越的国境的另一侧。面对命运，我就像一只老鼠面对猫，并且是一只玩腻了，随时准备杀死它的猫。人们不也说，这时候的老鼠已经吓坏了，它只能原地转圈，却根本没办法逃跑，没办法躲藏，也没办法找到活下去的办法么？

其他人还关注战争的发展，而我没有。谁会赢？谁会输？我不在乎。我的战争，在其他人的战争开始的时刻就已经输了。

很快我就不再收听公告和军报。如果客厅里的收音机打开了，我就会径自上楼，躲进自己的房间。我打开存着克拉拉衣服的衣柜。我把脸埋进去，呼吸她的味道。然后我哭了，我重复着她的名字，连续十次、二十次，我会和她说话，就像她在我眼前一样，我还会长时间地自言自语，告诉她我心中的爱恋和苦恼。

我也会时不时地责怪自己，教训自己。然后我擦干眼泪，回到父亲的床边。他还在生死边缘挣扎，而我努力不让自己放弃希望。我也不知道，我们两个人究竟谁担心对方更多一些。

有时候他也会问我：哪一方前进了？哪一方后退了？战斗都在什么地方进行的？英国人在做什么？斯大林怎么说？美国人呢？我不知道。一开始他还以为我和其他人串通好了，什么都不告诉他，免得他的情绪受到影响。但是最后他明白我没撒谎，我和他一样一无所知。显然我们两个同样脆弱。

他觉得我一定会和他同时崩溃。

　　我父亲 7 月去世了，正好在那段连北方国家的人们都难以忍受的炎热夏日里。战争还在继续，但陷入了缓慢僵持。去往墓地的路上，一个爱国的高音喇叭正在宣布一次骗人的胜利。之后是一段国歌，他们赶紧放完把喇叭停下，好让送葬的队伍通过。在道路的尽头，人们纷纷脱下帽子，还不忘了把脑袋藏在那一条树荫里。我觉得自己的脑袋都快烧着了。我只是时不时把手举起来，举到前额的高度遮挡一下，这点保护简直不值一提。

　　我带领人群进入了墓地。所有道路上都挤满了穿着黑衣服的人群，连一块墓碑都看不到了。我们当时完全是在露天的场地，但我却觉得几乎窒息。太阳显得那么低，压在我的脖子上，压在我的肩膀上，压在我的脸上。我的眼睛也在冒火。有人抓起我的胳膊，搀着我走到了父亲下葬的地方。

　　祈祷刚刚开始不久，我就昏倒了。我仅存的记忆，就是看到白色的裹尸布，那白色让我觉得很晃眼。我闭上了有些疼痛的眼睛，就再也没能睁开。

　　我在床上躺了一个多月，因为中暑。所有的症状几乎全有了：发热，头痛，妄想，呕吐。我完全站不起来。但是日照肯定不是唯一的原因。发生的那一系列事件，已经让我无比脆弱。去海法的路上遇到的爆炸，很长时间之后还会出现在我的梦里，父亲的去世，当然，还有和克拉拉被迫的分开。还有一件事，我一个星期又一个星期地不停地在心里默念，那就是克拉拉可能已经生了，我竟然不知道她是不是还好，孩子是不是活下来了，以及我的孩子是个男孩还是个女孩——在这件事上的无知看上去那么可笑，它不停地折磨我，让我觉得简直是一种羞辱。

这样说来，太阳毫无疑问只是让事情恶化的一个因素，是压死骆驼的最后一根稻草。体温退下去之后，人们还是觉得我没有康复。我成了人们口中的精神失常、疯子、精神病……有那么多可笑的词汇可以描述这一事实，就连"疯子"这个词也不会让我觉得听起来更不舒服。姑且说我的状态有些奇怪吧。

我想，最让人焦虑的——但是可能也是最后救了我的——就是我从来没有彻底丧失意识。我说的是彻底，我确实已经丧失了三分之二，或四分之三，或十分之九的意识，如果这些数字能说明什么问题的话。但是总有那么一小部分，即使在最昏暗的时刻，一小部分的自我，一丁点的自我，埋伏在我的脑袋里，就像是游击队一样，轮番冲击我的暴风雨也没能对它有所损害。我想把它称为医生的我。这样描述可能差不多：我从来都不完完全全是一个病人，在我身上一直都有另一个存在，能区分出我身体里那个生病的自己，并清楚总有一天必须要治好他。

一开始，我一点点地失去对行动的控制，但我对这一切都是有意识的。我不知道今天能不能把当时的感受完全描述出来，我试试吧。

一天夜里，我突然醒来，脑子里有一个顽固的念头挥之不去：

我应该马上给克拉拉写封信。我知道贝鲁特和海法之间已经不再有邮递服务，所以我决定写信寄到法国给雅克，而他可以让信毫无难度地到达克拉拉那边。这个主意真是太好了，想到这个主意后，我彻底兴奋了。与此同时，我才发现根本没办法去思考这封如此重要的信件要写什么内容。我的头痛难以忍受，我觉得我所动用的每一根脑神经都在燃烧。所以我决定先保留这个念头，等恢复一些之后再写下来。当时夜已经深了，我躺下来，尽力让自己平静。几分钟之后，我就从床上跳起来，打开床头灯，拿起纸笔，开始写信。之后重读一遍，修改，涂抹，划掉，重写，我觉得自己连第一句话都写不出来。我停下来，重新躺在床上。我再一次起来……我不想复述每一个动作让您觉得厌烦，接下来我直接跳到结果：第二天清晨，我就已经站在门前，等着邮递员过来。我把信交给他，还有买邮票的必要费用——不，这不符合惯常的程序，但是这在贝鲁特偶尔也是可行的，尤其是寄件人生病的时候——之后我就回到房间继续睡觉了。等中午睡醒的时候，我觉得自己像发了疯一样，完全没法记起信里都写了什么，所以我决定赶快找到邮递员，把信拿回来。

当然，我没能追上他。很多年之后我都觉得后悔。今天，我会告诉自己，这并不能改变什么。当一个糟糕的想法出现在我脑子里的时候，它会不停地嗡嗡作响骚扰我，直到我退缩并且遵照执行为止。

至于给克拉拉写信这件事，我还会更加不能自拔。我根本不知道自己能给她写点什么。哪怕今天，我也不能知道更多。在当时的状态下，我很有可能把前一天夜里胡乱写的草稿就那么乱七八糟地寄给她了！我只知道自己又干了一件大蠢事。于是我确信一定要再写一封信，毫不迟疑，对上一封信的内容做一些澄清。还需要我说，第二封信比第一封更加混乱不堪么？也就是刚刚寄出去，我又开始难以忍受地自责了。所以我写了第三封，很可能比前两封更糟，之后又写了第四封……天哪，只要一想起这件事，我就忍不住想要大叫！

我知道自己越陷越深，但我还是继续陷下去。

之后这种疯狂逐渐平静了下来，我说的是疯狂写信这件事。然后，我陷入了另一种狂躁之中：我整天在花园里闲逛，在那里我能连续转上三十圈，四十圈，在脑子里写假想的信，拼凑一些计划。

这样走路的同时，我还自言自语，手舞足蹈。有人走过我面前的时候，我也几乎看不到他们，就像身在浓雾之中一样。有人跟我打招呼，我也听不到。所以之前跟我碰过面的人也就不再费神跟我打招呼了。他们只是低声嘟囔几句同情的话，或是祈祷同样的灾祸不要降临到自己或亲人身上。这个曾经全国都喜欢的年轻人，经历了怎样的诅咒啊！有些人归咎于太阳，另一些则认为是巫师，或是学业，甚至是遗传导致的。确实，我的疯祖母还留在人们的记忆中。

唯一不会让我视而不见的，就是邮递员。只要一看到他，我就会立刻跑到他身边，询问他。另外可能也就是为了等着他，我才在花园里这样不停散步的……可能，我也不确信了。对于这段时期，我只有一些模糊的记忆。至少今天我可以笑着说这些，就好像这是我看到的另外一个人的举动，或是前世的回忆。这难道不是我已经康复的证明么？

我想从邮递员那里等来的，是克拉拉的回信。她的回信一个月之后终于来了。当时，这段时间看上去那么漫长，对于收到回信我几乎都不抱希望了。事实上这很短，只要想一想信件需要经过的路程就能明白，从贝鲁特到巴黎，巴黎到海法，海法到巴黎，然后重新到贝鲁特。我确信她非常快速地回了信。我也确信她流了很多眼泪。我写下的东西，从第一行开始，肯定就已经让她明白我究竟处在怎样一种狂躁不安的状态中。甚至不用看一个字，只要看到我的书写，她可能就全都明白了。

她的回信很温柔，但是温柔中夹杂着一丝怜悯。不是一个女人对她深爱的男人的那种温柔，而是一个母亲对她生病的虚弱儿子的那种温柔。

她写道"我亲爱的巴库"——我们单独相处时她都是这样称呼我的，"我们有了一个女儿。她很好，并且很像你。我给你寄来了她的第一张照片。我叫她纳蒂亚，正如你想的那样。我把贝特朗在市政府门外给我们拍的一张合影装了相框，放在了摇篮旁边。我有时候用手指着照片上的你，告诉她是'爸爸'，女儿就对着你笑。"

最开始的几句话肯定让我很满意，不是么？还有女儿的照片！我拿着看了很久，我在她并不太清晰的脸上吻了一下，然后把照片放在了贴身的口袋里。从那之后，我一直带着这张照片，就贴在我的胸口。

我读不下去了，因为我哭得厉害，因为喜悦。

当我拿起信继续往下读的时候，事情开始变坏了。

"我们都经历了痛苦的时刻，"克拉拉写道，"你父亲的离世，加上我们长时间的分离，还有周围发生的一切，无疑都是难以忍受的。你应该休息一下，先把自己治好。我想要你保证，一看到这封信，你就去找一个好一点的医生，让他帮你尽快恢复。"

"不用担心纳蒂亚和我。我们都很好，这里目前很平静。

你问我将来打算去哪里共同生活。我相信我们能找到解决的办法，因为我们那么相爱。现在我只想你接受治疗，等你康复之后，我们再从容地讨论这个问题。"

读到这里，我哭了，我抽泣着，但是不像开始那样是因为喜悦，而是因为愤怒。

一句话深深地打击了我：等你康复之后，我们再讨论。我陷入了错乱之中，我知道自己不可避免地继续滑下去，我需要克拉拉把我抓住。我想她对我说：我们在某个地点相见，比如法国，然后重新在一起生活，那样你肯定很快就好起来了。不，她做的正好相反，"等你康复之后，我们再讨论！"我要多久之后才能康复？一年？两年？十年？离她那么远，离我们的女儿那么远，我很确定，自己再也不可能康复了。

整个世界都昏暗了。

那么今天，我是否还确信自己对这段话的解读没有问题呢？是的，我还是同样确信。但是现在我更能理解克拉拉的选择了。我的信让她感到害怕。在冒险团聚，并带着女儿和我一起生活之前，她首先要保证我的精神状况没有问题。

是的，今天我能理解她，但是当时我对她只有怨恨，我觉得自己被出卖了。我甚至感觉自己正在水里挣扎，努力把头伸出水面之上的时候，她松开了我。对此我做出了最坏的回应：我已经不再是缓缓地滑向深渊，而是加速掉了进去。

在那段时间里，我总是从一个执念转向另一个执念，从某种意义上来说这就是我的思维模式，或者更形象些，就是我生存机能的运转模式。我最新的执念，就是觉得必须找到克拉拉，跟她当面自我辩解。

我下定了决心。在我的脑海里，没有战争，没有国境，这些障碍通通消失了。我整理好行李箱，走出了卧室。肯定有人看见我，然后通知了我弟弟，因为在我走到门口的时候，他跑过来问我：

"你去哪儿？"

"我去海法。我需要跟我的妻子谈谈。"

"你说得对，这是最应该做的事。先坐一会儿，我给你叫一辆车，直接把你带过去！"

我很庄重地坐下来。坐在门口的一把椅子上。坐得笔直，箱子放在两脚中间，就像在车站大厅等车一样。突然门开了，四个穿着白色衣服的人跳到我面前，抓住我，把我捆住，解下了我的皮带。我的屁股上挨了一针，然后就失去意识了。我最后看到的是上年纪的园丁和他的妻子，正在那儿哭泣。我还记得自己喊姐姐来帮忙。她不在这里，很长时间了，但我竟然没有想起来。我们的父亲去世后一星期她就回了埃及。她不能长时间离开丈夫和孩子们。如果她还在这儿，我弟弟可能就不会对我做相同的事。

不管怎么说，这个计划早已在他脑中。我们家的房子在所有人眼中，已经属于他了。我觉得我发疯的消息已经传遍了整个城市，以及整个国家。甚至比之前我在抵抗运动中的事迹传播得更迅速。让人们觉得我已经丧失了行为能力，并且他就是我的监护人，萨利姆应该没费什么力气，这也让他完全可以掌控我应有的那部分遗产。

他，这个家中的无赖，竟然成了我的监护人！

他，如果不是一系列的大赦，此刻肯定还因为走私和流氓团伙的罪名待在监狱里，竟然成了我的监护人！

这就是我们两个人变成的样子！

这就是尊贵的凯塔达尔家变成的样子！

就这样，在我二十九岁的时候，我来到了这家被称为"新路之家"的诊所。疯人院，没错，不过是高级的疯人院，是开给有钱的疯子的。醒来之后，我看到四周干净的墙壁，一扇白色的金属门，一面玻璃窗户。我的床周围都是樟脑的味道。我身上哪儿都不疼，甚至还觉得有一点舒服，这无疑是他们给我注射的镇定剂的作用。只是当我想坐起来的时候，我发现自己是被捆住的。我刚想喊叫，门开了。

一个穿着白大褂的男人走进来，立刻动手解开了我身上的绳索。这就像是我夜里睡觉时非常好动，他们担心我掉下来，才不得不把我捆住的。这是假话，但是我没心情跟他们斗争，我只是很礼貌地问他我是不是能出去。"是的，"他回答道，"但是先喝了您的咖啡。"

这就是之后的惯例。一起床，我就必须在男的或女的监视员的眼皮子底下，喝下他们称作咖啡，但是明显有浓重药味的东西。然后，整整一天，甚至到第二天，我都像尸体一样平静。我既没了欲望，也没了烦躁。我身上的一切都麻木了，缓慢了。连说话都慢了——直到今天还有一些痕迹，您可能已经注意到了。在"新路之家"，我说话比这还慢。我走路也很慢，吃饭也很慢，一勺一勺地，喝着没有味道的汤。我没有反抗。

我一直都不知道他们究竟往咖啡里添加了什么物质。很久之后，我甚至在想，他们是不是在我和其他病人的身上试验了什么灵巧的手段，好如愿以偿地让人们变得温顺和服从，而这不正是所有暴君的梦想么。这其中肯定有溴化物，大量的，还有一小部分麻醉剂。但是我还能思考，毫无疑问。达瓦布医生的诊所，首先是一个赚钱的公司。里面住着二十几个精神失常的有钱人，他们的家人不愿意让他们到穷人堆里去受罪。

达瓦布？不，不是我醒来时第一眼看到的那个穿白衣服的人，那人只是个护士。达瓦布是院长，是这片悲伤之地的主人。我来了十天之后，他才让人把我带到他的诊室。十天，您注意到了么？他们紧急把我抓到医院，却等了十天才给我做检查！这就是他行事的方式。他总是不慌不忙地远远观察我们，极少现身。在我们白天"放风"的大厅上方，他让人收拾出一间小屋子。他坐在那里，藏在半明半暗的光线里，戴着他厚厚的圆形眼睛，就像坐在剧院的包厢里一样。

刚刚跟您说了那么多，我想表达的是，在我的眼中，这个人不过是个江湖骗子。不要觉得我这么说是因为我对他不满。不满，我当然有，并且我也有权利有，这个人和其他的人完全改变了我的人生轨迹！但是我这样评价他并不是盲目的，我的意识非常清醒。我说他是江湖骗子，那是因为在他所谓的诊所里，我从来就没觉得他们想治好我。不管是我，还是其他病人。

他，医生？"新路之家"，诊所？更像个围场吧。护理人员，更像驯兽员。而我们，与其说是病人，我们更像是被囚禁、被上锁的野兽。戴着重重的枷锁，但不是拴在脚上的铁球，不是，不过是一些粉笔一样漂亮的彩色小药片，但确实是枷锁，是拴住你头脑的枷锁，是灵魂的枷锁，紧紧地抓住你，一直浸透到你的血液里！

我一直都不能确定，究竟是怎样的动机在推动这个人。钱，毫无疑问，但绝不只是钱。也不只是窥探痛苦的怪癖。也有权力，可能吧，想要树立权威。他对无数的富裕家族很有影响力，因为他们都很倚重他，指望他帮忙卸下让他们讨厌的痛苦包袱。

在"新路之家"，他就是一个在自己领地的暴君。只要看到他在走廊上经过，工作人员和病人们就大气都不敢出了。他根本不需要开口，所有人就都会按他的意愿行事。

他自信这个机构很前卫，是这个世界其他地方应该效仿的榜样。他的原则很简单：保证他的病人不受任何外界因素的打扰。所有可能引发不安或造成情感波动的，都被他排除在外。外面任何消息都不允许传进来。除非是很久前的消息，并且尽量删减了。没有信件，没有电话，尤其没有收音机。工作人员也绝对不许在我们面前提到任何近期的新闻。不允许外出，也不允许探视，或是基本上很少。如果被关押的病人有什么情感需求，不会满足他们，而是极力减少他们的需求。

这让我感到烦恼？根本没有。人们只有在不能得到期待的快乐时才会感到烦恼。达瓦布从根源上治疗这种痛苦：他让我们没有任何期待！整个白天，我们都在打牌，或是玩双陆棋，听着轻柔的音乐。轻柔的音乐根本不会停，所有房间都会播放，连夜里都是。我们也可以读书。从来没有近期的书籍或是报纸。他从一家很古老的图书馆里搞来了几十本书，有阿拉伯语也有法语，还有装订在一起的一些旧杂志。所有的书我都读过，所有，没有例外，有些还读了两遍，三遍，甚至是四遍。

我们还做些什么？没什么重要的事了。散步？偶尔会到花园里走几步，但从来不会走太远，还是在监视下。我得承认，在每天早上那杯"咖啡"的帮助下，我很习惯这种节奏。

我看到您的眼睛因为惊恐都瞪圆了。您错了！这样活下去是很令人羡慕的。我们当然可以想象更好的生活，但是很明显还能想到比这更糟的。对于成百上千万的人来说，这样的生活简直就是在天堂。当然，如果我们要问自己：我这一生到底在做什么？我们可能会反抗。但是很巧，在"新路之家"里，我们不会问自己这个问题。另外，这个世界上又有多少人会思考这个问题呢，哪怕一生中只有那么一次？

对我来说，在那段时间里，经历了那么多让我失去理智的极度打击，这种新生活并没有让我自发地产生反抗情绪。我不用再面对心中的恶魔，心中的执念，不再有情绪的大起大落，也不用再在意别人同情的目光。是的，我很习惯"新路之家"的节奏，我任由自己麻木下去，这种体会就像是人们所说的，有人在大雪中睡着，再也不愿意醒过来那种愉快的感觉。我也宁愿自己不再醒过来。

外面的世界让我害怕，也让我厌恶。

外面的世界已经是我弟弟的领地！

曾经有段时间，我相信这个世界是属于我的。与纳粹的战斗、战后的希望、来听我讲座的人群、坏蛋被关进监狱。还有，把我梦想的女人紧紧搂在胸前。我的面前没有不可能。

现在来看，那段时间已经远去了。外面，我弟弟才是越过越滋润。

我说"外面"，这是诊所里专用的词汇。"外面"是一种神秘的存在，我们聊起它的时候，恐惧是远远多于怀念的。甚至我也是？

是的，某种意义上来说，我也是，不只像其他的病人那样害怕自己在外面的世界里迷失。我说的"从某种意义上来说"，是因为要先搞清楚我说的是哪个"我"！奥斯亚尼？巴库？在"新路之家"的这个人，已经不再是我了，或者说只有很小的一部分是我。在我清醒的时候，我从来都没有决定要顺从。

说了这些话，我能理解您的震惊。事实上，我确实很少反抗。我选择了一定的退让，而我也知道是为了什么。我生命中的一切都变得复杂了。我感觉到已经完全不可能继续学业。我的学业开始时很出色，但是后来我就再也不能像从前那样集中精力，也再也没有同样的热情了。我已经三十岁，并且还在拖延，无法脱离之前的生活，也难以去探寻一种不太可能的未来。从我刚开始有精神问题的时候，我就已经明白自己当不成医生了。我努力不去想这件事，但是这个失败一直在折磨我。

至于克拉拉，我也知道在我找回内心的平静之前，不论是在判断力还是行为举止方面都恢复平静之前，是不可能让她回到我身边的。这也打消了我轰轰烈烈反抗的念头，让我不想像一个疯子一样去挣扎。我生活中的一切都变糟了，但是我确信，如果我仍然固执下去的话，一切还会变得更糟。

最后我想补充的一点是，就算我有时还在服从和反抗之间犹豫，他们给我吃的药也已经足够让这个选择的天平倾斜了。

所以我就进入了这种未老先衰的状态。我的身上再也没有过多的焦虑，时间就这样流逝。这一切要持续多久？我的脑子里也并没有一个准确的预期。几个月？几年？这都不确定。但是我也预感到，我不会永远留在这个地方，我在等着什么事发生。一个信号，姑且这么说吧。我不想说是一个奇迹。这很空泛，但是我身上还活着的这部分愿意相信。

　　然后奇迹还真的发生了。或者，说得更准确一些，它是慢慢酝酿成形的，基本上是在我不知情的情况下。很长时间以来我什么都没有预料到，可能因为救赎并没有从我期待的那个方向到来吧。

周六晚上

"从明天开始，我们就不能再见面了，"当我周六午休时间之后回到他的宾馆时，他这样告诉我。

"那如果您的故事还没有讲完呢？"

"今天晚上我会把所有能讲的东西都告诉您，我们尽量撑到最晚。如果还有一些话没说完，好吧，那就暂时先搁置了。"

"或许可以再找一次机会？"

"别再浪费时间了，"他说，"我尽量讲快一些。"

有一天，我弟弟来诊所接我，快到中午的时候。这是我四年来第一次外出。不，自从我被关进来之后，我从来没有迈出过这里的大门，也很少有人来探望我。萨利姆每年来一次，只是为了问问我是不是一切都好。我说"是的"，他很快就走了。

我见姐姐的次数还稍微多一点。她习惯回到黎巴嫩山过夏天。为了躲避埃及的酷暑，那段时间她会来看我，两到三次吧。我总觉得那些天他们把让我晕头晕脑的药加了倍，因为我就坐在那里，看着她，一脸茫然。不管她是跟我说话，还是回忆从前的事，或是向我提问，都没什么作用，我只是用一些单音节词作为回应。所以她擦着眼角的泪离开了。

第一次外出对我来说应该是一次大事件。但是我既不开心，也不难过。最多就是吃惊吧，并且也只有一点点！院长最后一刻才通知我，而我当时也和平常一样，没有任何分别。他们叫我的时候，我正在玩牌。我只好把位置让给别人，然后离开了。

司机给我打开了一辆很宽大的黑白相间的轿车的车门。萨利姆就在里面，比平时看起来和气一些。他告诉我要在家里举行一场重要的午宴，他坚持要我也在场。关于这一点他说谎了，又一次。就算有一场重要的午宴，那他也不会突然宽宏大量地说："我必须把哥哥从疯人院接出来。"

真相不是这样的。萨利姆已经成为全国最为引人瞩目的商人之一。说这话时我心中是不无苦涩的，但事实就是如此……昨天的小混混已经几乎被人忘记了。他换了职业？换了阶层？不管怎么说，他赚了几百万，几乎总是在航班上飞来飞去，他成功地给自己赢来了名声和威望。

另外，我们的房子里也能看出一些印记。新的财产已经取代了旧的。曾经荒芜凌乱的花园，现在是低矮整齐的草坪；修剪得很美观的仙人掌是景观的灵魂，看上去就和石头一样古老；为数不多的几棵松树显得有些无精打采。

房子里，从阿达纳带来的那些老家具已经消失不见了。取而代之的是镀金的沙发，看上去像是低矮的安乐椅。被人踩了一百五十年，已经磨坏的地毯也被撤掉了。只有我的房间还是原来的样子。没人进去过，就连灰尘都没有打扫过。不过这并不能阻止我躺上床，睡上一会儿。之前那么几分钟的路程足以让我累得虚脱。

第一批客人来的时候，他们就来把我叫醒了。我还不知道这些客人都是谁。我什么都没问过，弟弟也没有告诉我任何事，或者他是想给我个惊喜吧。客人并不多，但都不是一般人。以至于萨利姆专门请来酒店的大堂经理来做服务生。

第一辆车是法国大使的。跟大使在一起的是法国政府的一位官员。是的，是贝特朗！或者说在抵抗运动中曾经是贝特朗。

看上去他经常打听我的消息。他曾经写信给克拉拉，从她那里得知了她所了解的为数不多的消息。然后就是找他的大使。大使也做了一些调查，就这样大使知道我被关了起来，以及我变成了什么样子，于是他极力劝阻他的部长来见我。

但是贝特朗执意要来。不想太过违抗他的意愿，于是这位外交官想到了安排这次午宴。大使很清楚，对于我弟弟这个正在寻求名誉和认可的人来说，能在家里接待一位法国部长，这是绝对有吸引力的。然而，只有我在场，才能确保部长出席。因为一位高层人物，在国外的正式访问期间去某个人家里吃饭，尤其是一个历史不那么光彩的生意人家里，这是不能想象的。但是，曾经的抵抗运动中的一个组织领导去和往日的战友一起吃个饭，这就没什么不妥。午宴的这段时间，凯塔达尔家的房子重新属于我了。

一场假面舞会。一次可憎的交易。并且是耻辱的一天，尤其如此。但是最终它对我还是有用的。

为什么是耻辱的？因为我们之间有差距……您会明白的。

那天，当人们来接我出去的时候，我的身上已经刻下了四年被强迫镇定的痕迹。那天早上，他们还是给我喝下了必不可少的饮料。接下来的几个小时里，我都是和其他病人在一起，动作僵硬地玩着牌。我们用同样的方式生活，我们用同样的节奏说话、移动。对一个外来的观察者来说，这看起来像是放慢节奏的舞台剧。很感人，或者很滑稽。对我们来说，这就是日常的生活状态。

然而，到了中午，我却和十几个生活在真实世界节奏中的人坐在一起吃饭。他们当中有使馆的人，有两个报社社长，一个银行家……他们说话的速度很快，对我来说太快了，他们说的名字，对我来说没有任何意义，板门店，麦卡锡，射频消融术，摩萨台；他们讨论的事件我完全都没听说过；让他们发笑的事，我也完全不能理解。自始至终，贝特朗都看着我。一开始是带着喜悦的，之后是震惊，再之后就是伤感了。除了吃，我什么都没做，我的眼睛只盯着自己的盘子。

他曾经两三次试图和我说话，而我需要时间反应过来，需要时间搞明白他想说的是什么，需要时间放下手里的叉子，需要时间在脑子里酝酿回答的话。还没等到我开口说话，其他人已经难以忍受这段沉默，并且转移了话题。天哪，这是怎样的耻辱啊！我真想直挺挺地死在那里！

之后，午餐临近结束的时候，我曾经试图让自己恢复过来。我集中所有注意力，在脑子里想出一句话，并打算用最快的语速把它说出来。我安静地等了一段时间，但是它没有到来，或者是因为我没能及时地利用好。大使已经在看表了，并提醒贝特朗接下来还有其他活动。

所有人都站了起来。而我，我以自己的节奏移动。他们已经离开餐厅，朝大门走过去了。而我刚刚费力地扶着桌子站起身来。要知道我还没到三十三岁啊！

突然，贝特朗转过身来，就像是感到后悔了一样。他朝我走过来，伸出双臂，把我紧紧地抱在怀里，很长时间。我猜他是想给我时间让我说话。对我来说，这是个机会，让我说出所有在餐桌上没能说出的话，说出所有在我身体内沸腾的话，所有充满我的胸膛、我的喉咙，到达了我的唇边的话，所有我想让他了解的话……

我什么都没说，一句话都没有。看到他转身朝我走过来，我有些感动，有些吃惊，然后我通过他的肩膀上方，看到了等在那里的其他人。好吧，这一次我还是没能开口。我能感觉到这很重要，我能感觉到这是我回到活人世界唯一的机会。但可能正因为太过事关重大，我竟然不能控制自己了。

所以我没能说话，但是在最后一刻，我还是略微挣脱了一点捆住我的那根看不见的绳索，只有一点，只够我做出一个正常人的动作。我抓住贝特朗的手，不让他离开，然后从口袋里拿出一张照片。那是我女儿的照片，克拉拉寄给我的。是的，这张照片上的新生儿和世界上所有新生儿看起来都是差不多的，我拿给他看，然后翻过来，让他看到后面写的名字：纳蒂亚。他点点头，拍了拍我的肩膀，小声嘟囔了些什么，然后就离开了。他的眼里充满了伤感、怜悯，还有恨不得马上就消失的焦急。

他明白这是一次求助么？没有，他什么都不明白。如果我想跟他说什么事的话，我明明是有时间的。我可以更隐秘地告诉他，用比从口袋里拿出一张照片给他看这个动作隐秘得多的方式。在他离开时，我从他眼睛里看到的东西，也就是全部了：伤感、怜悯。现在我知道，他在回到法国之后给克拉拉写的信，几乎就是一纸判决书。他告诉她，这个可怜的巴库已经衰弱到认不出来了，那个她和他认识的年轻人，**自由**！组织里的伽弗洛什，已经不复存在了。他劝她忘掉这一切，重新开始生活。他甚至都没觉得我最后的动作值得一提。他肯定想，这又有什么好处呢，让她永远记得那个充满活力、惹人喜欢的年轻人的样子，不好过这个过早衰老的可怜虫么？

至于我，弟弟的司机把我送回疯人院之后，我非常沮丧。我让所有的机会都溜走了。至于萨利姆，他应该是幸灾乐祸的。不是有人怀疑他非法监禁了我么？现在他已经完全展现了自己的好心，他让我自由地来，参加了午宴，和宾客们聊天（如果能这么说的话）。甚至在私下里，每个人都能发现，我的精神状况已经糟透了，把我关进一个专门的机构里，并不是不公正的，而他控制我的那一部分遗产，也不是不合理的。

通过这次午宴，我弟弟还成功地洗掉了身上的另一个污点，而那个污点本来并没有什么疑问：曾经害他入狱服刑的那次走私的罪名。他在获得财富的同时，已经积累了一定程度的威望——威望就像是一个容易买通的女人，我猜您也不怀疑这点。这次，他的重生是彻底的：如果十年前曾经判他入狱的法国人，现在已经同意他们的大使和部长到他家吃饭，这不正说明他们确信了他的无辜，哪怕这和当年的事实并不相符吗？

所以这顿原本想要把我解救出来的午宴，不过成为了我弟弟继续上升的一步而已。我想肯定有很多人开始怀疑，为什么出自同一个家庭，同一个母亲，却能同时出现一个如此出众的人物，以及另外一个，也就是我，这样一个扶不上墙的人。知道我经历的人，都避免提起我，因为不想让这个高级人物因为他家庭的这个缺陷而蒙羞。但是大部分人几乎都已经忘了我的存在。他们把我埋葬了，连祈祷都没有做。

并且不只是那些陌生人！连最亲近的人都是！只有一个人有可能为我做点什么：我姐姐，再也没有别人。外祖父努巴尔和外祖母到了美国之后不久就去世了；他们的儿子，阿兰，当年在那样耻辱的情况下离开了这里，已经再也没有任何意愿回来和家里仅存的人团聚。

还能有谁？抵抗运动中的战友？认识我的人肯定已经从贝特朗那里了解到我现在的样子，我想他们肯定很伤心，随后也就忘了。这又怎么能责怪他们呢？说到底，我也并不是他们那些年轻的同志中第一个在战争结束后没有任何明显的原因就崩溃的……战争有时候就是有这样的后遗症！

还能有谁？克拉拉？他们告诉我，一开始她还给我写了几封信，但是我一直都没能收到。她还曾经给我姐姐传了个口信，但是姐姐却建议她不要再试图和我见面了。为什么呢？依菲特曾在夏天见过我的样子，她不希望我的妻子看到同样状态的我。那时海法和贝鲁特之间的交通已经不是完全不可能实现的了，但是需要做一些假的证件，还要找几个同谋，这样一来不论在阿拉伯人眼中，还是在以色列人眼中，她都会成为可疑的目标。我姐姐觉得就算克拉拉清除了所有的障碍，把女儿留在那边，或者更糟糕的，把女儿带在身边，当她在这段旅程结束之后，看到我这样一个气喘吁吁，慢吞吞，不能说话，没有反应，差不多是个植物人的家伙时，她会沮丧一辈子的。等一个更好的时机，比如等我至少已经有一些苏醒的征兆时不是更好么？然而，和克拉拉以及纳蒂亚见面带来的冲击，对我来说没准还是有好处的呢。

当时，我姐姐还希望我的状况能慢慢好转。但是她每看我一次，心中的希望就少一分。某一天，她彻底放弃希望了。这真是最糟糕的时候，就在我刚好开始期待她出现的时候。但是我不怪她，也不怪克拉拉，她们怎么能想到，我被囚禁在了自己的身体里，被活埋了？我并没有求救过。

那次可悲的午宴的当天晚上，为了弥补我犯下的错误，并且因为对自己说话的能力再也没有任何自信，我努力在一张纸条上写下了这一句简单的话："我希望离开这里，重新过上正常的生活。"我很后悔没能把这个求救信号交给贝特朗，现在我决定亲手交给依菲特，就在她那年夏天来看我的时候。我把这张纸条一直放在口袋里，和纳蒂亚的照片一起。

我之所以坚持写下来，并不只是担心需要的时候说不出话，还因为我将来不一定还能保持同样的精神状态。我需要收集在我身上凝结出的那一点点疯狂，就像那些在沙漠里迷了路，随时可能渴死的人有时需要一滴一滴收集叶子和花瓣上的露水来喝一样。疯狂，愤怒，很少有的反抗的冲动，这成为我已经麻木的尊严存活下去的珍贵动力。

那年夏天，我姐姐没来山区度假。第二年也没有。我再也没有见过她。

萨利姆有天告诉我，我们的姐夫马哈茂德在埃及政府那里有了些麻烦，他和其他几个银行家一起被政府关押了八个月，之后倍感伤害，并幡然醒悟，于是决定逃到离近东地区越远越好的地方去。他去了澳大利亚墨尔本。

但是我怀疑还有其他事。否则，我姐姐至少会来和我们道别的。我觉得我弟弟用一些小诡计剥夺了依菲特的那部分遗产。不过我并没有什么证据，除了心里的怀疑。一些泛泛的迹象不免让人想东想西。但是算了，不是么，我们还是不要谈这些肮脏的事了！

如果我能够在她来看我的时候给她一些回应，我想我姐姐还是愿意来看看我的。但是如果只是为了听我说几个单音节词，然后哭着离开，就从澳大利亚坐船或坐飞机跑那么远，又有什么好处啊！

她最终没有再来。快到夏天的时候，我还是盼着她。不过每过一年，我的期盼就少一点。我最后的一点希望也破灭了。

如果说我仍然活着，那是因为不活下去也需要一定的毅力，而我连这点毅力也没有。我也没有把自己交给死神的意愿和能力。其实只要偷几小瓶药，跑上楼梯，爬到房顶上，然后纵身一跳……房子只有两层高，但是如果运气好，我还是可以粉身碎骨的。

我不应该这样说。正好与此相反，恰恰是在我认为最后一丝希望破灭的时候，我没有能力终结自己的生命，这才是我的运气。就算在隧道的尽头完全看不到亮光，也要继续相信光明就在眼前，然后光明就会出现。

有些人能沉得住气是因为他们对未来有坚定的信心，另一些人则是因为没有结束的勇气。怯懦无疑是让人瞧不起的，但它却是生存法则中不可或缺的一部分，它是让人活下去的手段，就像顺从一样。

但是如果说怯懦和顺从是让我活下去的唯一因素也是不对的。还有罗博。他也是"新路之家"的一个病人，我们经常一起聊天，他已经成了我不可或缺的朋友，也是唯一的那个。稍后我会再提到他，在几年的时间里，对我来说他比任何人都更重要，但我还是想先说说他是怎么劝我不要死的。

向别人透露我自杀的想法，这也不是件容易的事。在"新路之家"，笼罩着一种幼稚的告密氛围！我觉得如果他们怀疑我想要自杀的话，一定会把我整夜都捆在床上。但是罗博，可能因为他预感到一些事情，并且想诱导我向他说出来吧，有一天他向我透露，他曾经不只一次想过要"终结"。当我告诉他我也一样时，他站在年长二十岁——以及关在疯人院比我多二十年——的高度教育了我，让我们高下立现：

"你应该把死亡当成最后一条得救之路。要知道，没人能阻止你去死，但是正因为这对你来说没有难度，你才要保留这个权力，无限期地保留。我们假设你在夜里做了个噩梦。如果你知道这是个噩梦，只要摇一摇脑袋就能从噩梦中走出来，那一切就都变得更简单了，更容易忍受了，你甚至最终能从曾经让你惊恐至极的场景中体味到一丝乐趣。就算生活让你害怕，让你痛苦，就算最亲近的人都戴着丑陋的面具……告诉你自己这就是人生，告诉你自己这是不能重来一次的一场游戏，一场充满快乐和痛苦的游戏，一场充满信念和欺骗的游戏，一场戴着面具的游戏。玩到最后一刻吧，作为参与者或是观察者，观察者当然更好，这样你随时可以走出来。而我，'得救之路'帮助我活下去。正因为它在我掌控中，我知道自己不会用到它。但如果我不能掌控死亡，我会觉得自己掉进了陷阱里，那样我就只想尽快逃出去！"

罗博并不比这世间的普通人病得更厉害，就像人们说的，他只是有"特殊的道德标准"。而他的家人，或是想要"治好"他，或是简单地想避免丑闻发生，于是决定把他监禁起来。他成年之后的大多数时间基本都在几家不同的机构里度过，我想这里已经是第四家或第五家了，他肯定经历过了各种考验。有个医生某天甚至决定给他做脑白质切除手术，"彻底铲除他的错误倾向"。很幸运的是，他的母亲最后一刻因为突然的理智或是本能阻止了这一切。这次可恨的冒险经历给他留下了这个外号——罗博（"lobo"是"lobotomiser"，即脑白质切除手术的简写——译者注）。而他自己也很喜欢用这个名字，我想是出于嘲讽吧。他冷漠而又超脱地看待周围的一切，以及他的人生，他的过往。

在"新路之家"，他的地位跟别人不一样。他们在他的房间摆了一架钢琴，有时他一整天都穿着拖鞋，脖子上缠着一条绿色的丝绸围巾，或是凭着记忆弹琴，或是跟我聊天，却从来不离开他的凳子。另外，跟我们其他人不同，他可以接收电话和信件。确实，从来没有任何人觉得他是个疯子。

有一天，也是他来告诉我，在一次政府改组之后，我弟弟被任命为部长。是的，没错，部长！罗博知道我肯定会震惊——我之前已经跟他详细讲过萨利姆是个什么人。所以在用这个消息打击我之前，他首先确认我是不是把早上的"咖啡"完全喝掉了。

我显得很迟钝，我想说的是比平常更迟钝，因为迟钝已经成为我的日常状态了。于是罗博用他的方式来安慰我：

"奥斯亚尼，刚刚发生的事不应该让你感到吃惊。要知道你弟弟和你比起来，永远有一个不可弥补的优势。"

"什么？"我问道。

"他是曾经的抵抗者的弟弟；而你，你只是曾经的走私贩的哥哥。"

我笑了。苦涩的感觉也就这样消失了。

于是，就在我弟弟发家致富，不断积累财富和名声的同时，我隐藏了自己，嘴唇上时刻带着傻乎乎的微笑。几年过去了，这段时间很长，太长，我都几乎不抱希望了。

但是突然间，事情好像又开始有了新的进展。掌管命运的天神从一个布满灰尘的抽屉里拿出我的人生档案，重新看了一眼，这次仁慈了一些。

改变我命运的工具，姑且这么说吧，只能是我的女儿，纳蒂亚。她刚刚来到巴黎，准备在那里读大学。

是的，纳蒂亚。在我的印象里，只有她刚出生不久的样子，但是她已经将近二十岁了，并且身体里充斥着反抗情绪。一场战争接着一场战争，让她已经厌倦了黎凡特地区，她迫不及待地想要逃离这里。

　　既不能继续把她留在身边，又不放心她一个人远行，克拉拉答应她，会跟那个英雄时代的几个老朋友取得联系。正因如此，她才会去拜访贝特朗。他已经不再是部长，我想，但是他依然是个很有影响力的人物，并且，永远是抵抗运动的一座丰碑。

　　我女儿完全被这个人物震住了。看着眼前豪华的客厅，坐在软得能陷在里面的沙发上，再加上这个带着微笑打量她的人，她觉得自己必须要说明一下来意。实际上，贝特朗是想从她的脸上看出她父母的痕迹。

　　"我母亲介绍我来拜访您。我想您在战争期间认识她的……"

　　"所以，你就是纳蒂亚，纳蒂亚·凯塔达尔。我认识你母亲，当然，还有你父亲，他们两人在被占领期间都很令人钦佩。两个很出色的同志，两个不会忘记的朋友。"

　　当说到"你父亲"的时候，贝特朗觉得有些心神不宁，不过只是像一道闪电一样转瞬即逝。于是他开始慢慢地讲起我的故事。讲到我们在蒙彼利埃如何相遇，讲到我们的讨论，我们的斗争，我们的恐惧，还有巴库的壮举，抓不住的巴库。纳蒂亚完全被他讲的吸引了。她之前知道一些事情，是她母亲告诉她的，但是还有很多东西是她不知道的。现在，她对这个后来成了她父亲的年轻人有了更清晰的印象。

　　之后贝特朗快速讲了讲我的病情，以及我被关起来的情况。这时，他才重新想起了我当时扔进海里的这个漂流瓶：他详细地告诉了我女儿，在那次可耻的午宴结束的时候，我曾经从口袋里拿出一张照片这一幕。这一幕，他当时觉得是那么可怜，并且不值一提，以至于他都没有告诉克拉拉，以至于他几乎已经从记忆里抹去。他不愿他的朋友以这样一种伤感的形象留在脑海里。当他看着眼前这个年轻的女孩,这个刚刚准备进入成年人的世界,虽然父亲还没死,却已经几乎成为孤儿的女孩时,这一幕突然有了另外一种含义。

纳蒂亚脸上满是泪水。在此之前,我只不过是她家谱上的一部分;从那之后,我已经融入了她的躯体。

这条给她的信息,这条太迟才接收到的信息,在她看来就像是一个溺水者最后的挣扎。她开始思考我后来变成了什么样子,以及能不能采取什么手段把我救出水面。

她向贝特朗告别。他看着她远去的背影,不免为她担心。她再也不像一个年轻人了。

我呢,那天下午,我可能正在和作弊三人组玩当天的第十八轮牌吧。

这个生病的男人，把她的照片像护身符一样放在胸口，纳蒂亚又怎么能不去想他？这个疯子——是的，是的，我为什么要害怕这些词呢——这个疯子把她的照片展示给他最好的朋友，就像展示一幅圣像一样！新生儿的小脸蛋，人世间最重要的快乐！

对我的女儿来说，在她那个年纪能有的追求、冲劲、梦想，所有一切，都把她引向了这个被关起来的小老头儿。"但那是我父亲，"她一再地跟大学城寝室里的室友重复道，"那不是个陌生人，那是我的父亲，我身上一半的细胞来自他，一半的血液来自他，我眼睛的颜色，下巴的形状也都来自他。我父亲。"她喜欢这个词带来的感觉。

而这个父亲，如果没能成为一个保护她的猛兽，而成了一个虚弱的，被人追捕的，受伤的，被遗弃的野兽，又怎么样呢？如果他的女儿，没能成为受他保护的人，为什么不能成为保护他的人呢？

纳蒂亚想到我的时候，心中带着她那个年纪的感动。但是她的梦想并不仅限于此。她在寻找一种方式能够传消息给我，给我个信号，作为十五或十六年之后，对我当年发出信号迟来的回应。

找到这个父亲，把他解救出来，她已经打定了主意。

就算他已经被长年的监禁和药物折磨坏，甚至已经无可救药？

这个问题，她并没有给自己提出来。这种盲目对我来说是有好处的。

她有没有和她母亲提起过？一个字都没有。在她们人生的这个阶段，母女两人的关系并不是那么好。克拉拉的性格本来就很强势，还有个经历丰富的过去。纳蒂亚则想要属于自己的冒险，进行她自己的抗争，就从她母亲放弃的地方开始。

她和贝特朗也没有再提过这件事，至少没有立刻就说。她决定自己单独行动。这是她的冒险，这是她的战斗，这是她的父亲。

另外，没有公开自己的计划，她是有道理的。这个计划太过荒诞，不论克拉拉还是贝特朗肯定都不会由着她继续下去的。

我后来才知道，她的计划只告诉了和她同住一间学生宿舍的女孩。她名叫克里斯蒂娜，她的姓氏属于巴黎一个大珠宝商的家族。

纳蒂亚向她提议做个交换，调换身份。两个年轻的女孩看起来很相像。相像到如果只看证件照的话，人们很容易把两人搞混。通过不逊于假证雅克的手法，克里斯蒂娜去申请一本新护照，用的是纳蒂亚的照片，而政府的工作人员什么都没看出来。这样一来，我女儿就有了一本写着克里斯蒂娜名字的护照，上面的照片是她自己的，她可以越过国境线，而不被人怀疑她的真实姓名、国籍，或者她的家乡。而她的朋友因为跟家人决裂，这样的安排正好可以让她暂时摆脱那个让她感到压抑的家族姓氏，并且可以体会一下一个既是穆斯林又是犹太人女孩的感受。

是的，没错，穆斯林和犹太人！我，她的父亲，是穆斯林，至少在身份证件上是；她的母亲是犹太人，至少在理论上是。在我们这里，孩子的宗教是沿袭父亲的；而在犹太人那里，是沿袭母亲的。所以纳蒂亚在穆斯林的眼里是穆斯林，在犹太人的眼里是犹太人；在她自己的眼里，她可以任选其一，或是两个都不选。但她想同时保留两个，是的，同时保留两个，甚至比这还要多。她对传到自己身上所有的血统都感到骄傲，那些不论是征服者，还是逃亡者的先人，那些从中亚，从安纳托利亚，从乌克兰，从阿拉伯半岛，从比萨拉比亚，从巴伐利亚来的先人们……她从来不想在自己的血统，或是不同的信仰中做任何选择！

那是 1968 年。人们告诉我，那年春天对于法国的学生们来说是令人兴奋的。但是纳蒂亚心里想的只有赶快启程，启程回到令她厌倦的黎凡特。她获得了签证和机票，还预定了酒店，当然这一切都是用的她朋友的名字。

到达贝鲁特之后的第二天，她就坐出租车来到了"新路之家"。她没有任何途径可以提前知道我是不是还在那里，但是她假定我没有换地方。

院长在办公室接待她时，她说出了自己的假名。达瓦布自然不可避免地问她是不是属于那个著名的珠宝商家族。她说了句"是的"，语气中带着恰到好处的冷漠，既不太多，也不太少，就像克里斯蒂娜回答别人同样问题时候的样子。

"恰好，"我女儿补充道，"这还真的跟我的家事有点关系。虽然说起来很敏感，我还是想直奔主题。"

"我的一个姑姑几年前曾经住在黎巴嫩，她听说了很多关于您这个机构的赞扬之词。也是她推荐我来见您一面。关于我父亲，几年之前，他就开始有一些……很严重的精神问题，现在有一些专家在跟踪治疗……"

"比如哪些专家？"

纳蒂亚之前为这次见面做了一些准备，她说出了几个挺著名的名字。院长点头表示赞同，并请她继续说下去。

"我们都觉得，到国外待上一段时间，对我父亲是有好处的。对整个家族也一样。我们都是名人，您知道的，我们家族的名声也因此受到了影响。他本人也意识到这一点了。我还没有跟他提起过来这里接受治疗，但我想如果这个机构适合他的话，他也不会有异议。我觉得在您这里有他希望的一切：阳光、平静的环境、高质量的护理。所以我作为侦查员，先来看看他即将居住的条件。在做出最后的决定之前，也许您最好能去亲自见他一面，在巴黎。费用由我们负担，这是肯定的。"

鱼咬钩了！达瓦布变得十分殷勤，他提议带着这位富有的女继承人在他的模范机构里好好转转。

他首先从花园里开始，随便走上几步，先有个初步印象。那里能看到山，也能看到近处的大海。医疗器械，看上去就像新的一样，因为也不怎么使用。随后是病人的房间。罗博的房间，他当时正坐在钢琴前面。之后是装饰着绿色植物的大厅，病人们还不太习惯有这样的来访，他们纷纷扔下手中不可或缺的纸牌，凑到女访客的旁边。

"您什么都不用怕，"达瓦布告诉她，"他们完全不会伤害您！"

纳蒂亚让他不用担心。她强迫自己保持一个挑剔的巡查员应有的傲慢神态。她左看看，右看看，上看看，下看看，好像是为了检查一下这个非常干净的大厅里，是不是在哪个角落藏着些灰尘。实际上，我们也可以想到，在这群精神病人中找到她那从未谋面的父亲，她的心情将会是如何的激动。

那天，我没有玩牌，也没有玩跳棋或是双陆棋或是其他任何什么游戏。我先是漫不经心地跟罗博聊了一会儿，随后他去弹他的钢琴，我去拿了一本书。我看得很入神，当女访客过来的时候，虽然周围有一些嘈杂，我也并没有和其他人一起围上去看。我只是抬了下头，也就一下，但是并没有挪动位置，只是为了看一眼那个不认识的女人。

我们的目光相遇了。这个年轻的女孩究竟是谁？我完全不知道。但是她把我认了出来。我和旧照片上几乎是一个样子。她的眼神僵住了。我也是，但只是因为我很困惑。甚至还对这个奇怪的女人有些不满，因为她看我们的样子，就好像我们是关在玻璃缸里的鱼。

我流露出的表情肯定很清楚，这让达瓦布脸上带着笑容，像是道歉一样地解释说：

"我们打扰他看书了！"

与此同时，他瞪了我一眼。

之后他继续说道：

"这位先生只知道读书，从早读到晚。这是他的爱好。"

这并不完全是事实，他稍微加了些润色，为的是提高这个机构的文化氛围。

"如果是这样，"这时纳蒂亚说道，"我送给他这本书。我刚刚读完。"

她一边打开手包，一边朝我走过来。

"不需要这样。"院长说道。

但是她已经走到我跟前。我看她把什么东西悄悄塞进了书里，然后才把书递给我。

之后她回到达瓦布的身边，看他的脸上挤出一个笑容。而仍然处在震惊状态的我机械地翻开了书。我甚至都没时间看一看书名。在右上角，作者的名字上面，用铅笔写着拥有者的名字。纳蒂亚·K。

我立刻就站了起来。我带着奇怪的表情看着她，我刚刚才发现，在她的脸上，有一些很像克拉拉的痕迹。这时我才明白，没有任何疑问，眼前这个人就是我的女儿。并且我觉得，达瓦布并不知道她的真实身份。所以我朝着她走过去，并且让自己不要出卖她。但是她看着我像个木偶一样走过来的时候，明显是害怕了。她明白我已经认出她了，同时她很担心我会让她之前苦心经营的一切都付之东流。

我走到她面前，指着手里的书对她说："谢谢！"

我向她伸出手，她握住了，我摇着手不停地说"谢谢！""谢谢！""谢谢！"，完全停不下来。

"您的礼物让他很感动。"院长脸上挂着担心的笑容解释道。

我又朝着纳蒂亚靠近了一些，想要拥抱她。

"现在，够了，您已经越界了！"那个男人喊道。

但是纳蒂亚冷酷地回了他一句：

"让他来吧，这没什么关系！"

所以我把她抱进怀里，就短暂的一刻，我闻到了她的味道。但是达瓦布已经过来把我们分开了。

她不想因为感情的流露而搞砸自己的计划，所以离开了我，并且说道：

"这位先生很让人感动。"

随后他对医生说（这真的需要胆量啊）：

"我父亲也非常喜欢读书。我会跟他说这里发生的事。我很确定，他会和这个病人相处得很好！"

实际上，她特别担心这个人会因为我的举动而惩罚我，比如抢走我的书。所以她没有迟疑——这也是我后来知道的——假装这感人的一幕打消了她最后的顾虑，现在她很确定没有任何其他的机构能比这里更适合她父亲了。她的珠宝商父亲，能和这个人相处得好……

达瓦布很高兴。我得救了，还有我的书，还有她塞在里面的信。

我赶快把信藏进衣服里。之后我去了卫生间，把书的第一页也撕掉了。谨慎，谨慎……在信封上，写着我的名字，纳蒂亚并不确定能有机会亲手把信交给我，最多也就是能找到一个看起来让人放心的病人，并寄希望于他能转交给我。

信里写了什么？正是我需要重拾活下去的勇气的几句话。

"父亲，

我就是你不在的时候出生的女儿，是你贴身放着的照片上的那个孩子，却在远离你的地方长大成人。远么？实际不过就几十公里，并且海边的公路非常好，但是一道该死的国界竖在那里，同时竖在那里的还有仇恨，还有误解，也有想象力的缺乏。

在我出生前，我母亲和你肯定都已经直面过战争和仇恨。这场战争看起来那么威力无比，但是许许多多像她和你一样的人坚持下来了，并最终取得了胜利。生活总会找到出路，就像一条脱离了河床的大河，总会开辟出另一条河道。

你们坚持下来了，母亲和你，还有其他人，你们都起了战时的名字，蒙骗了命运。我，我的战斗不那么壮观，但那是我的战斗，我会把它进行到底。这次轮到我取一个战时的名字，用来越过这些障碍。只是为了来见你，并且告诉你这简单的一句话：'要记得在外面有一个女孩，你的女儿，对她来说你比世界上任何其他人都更重要，她焦急地等待着和你重逢。'"

　　读到这些话的时候，我就已经彻底被它们改变了。它们让我重新感受到了一个男人和一个父亲的尊严，以及活下去的愿望。我再也不愿意继续过这种毫无波澜的日子。我有一个情人等着我。就算我这个人已经一无是处，为了纳蒂亚我也愿意保住自己，让自己变得更好。我对自己的女儿，有了一种少年般的爱。为了她，我愿意唤醒并释放出我身上那个曾经让人喜爱和仰慕的巴库，为了她，我愿意变成一个让她想挽着胳膊一起散步，让她感到骄傲的父亲。

　　话虽如此，就算我想重新回到正常生活，也不是只靠想一想就能实现的。这并不像是一个人想要自杀，他的女儿过来拉住他的手，告诉他"父亲，你不想要的这条命，留好吧，它以后只属于我！"，他就放弃了所有的自杀计划。事情比这复杂得多。当然，我知道发生了什么，我感到很幸福。只是，我像是穿过迷雾看到的这一切，我的脑子并不那么清楚。我的脑子因为二十年的监禁，二十年的错乱变得模糊而又懒散。尽管是被迫的，我毕竟还是接受了，很顺从。二十年，每天早上吞下大量令人消沉的药物。二十年，意志被压抑！二十年，思维和说话都减慢了速度，像麻木了一样。

　　再说一次，这可不只是放弃自杀那么简单。就像站在悬崖边上，正准备跳下去的时候，往后面退了一步，颤抖着握住别人伸来的手——没这么简单。如果让我描述一下的话，我会说自己站在悬崖边上，但并不是在坚硬的地面上，而是在一道窄窄的石头房檐尽头，还喝了一整瓶威士忌。下定决心后退一步是远远不够的，因为以我的状态，很有可能在掉下悬崖的同时，还觉得自己走向了救赎。我首先需要让自己醒醒酒，找回清晰的视野、清醒的思路，好让自己知道每一步都落在了什么地方。

这就是我能做的事。但是，这件事里不只我一个人。还有把我关起来的人。我弟弟，他肯定不希望我拿回凯塔达尔家的房子，以及我的那部分遗产；还有达瓦布，对他来说我既是一个收入来源，还是提升他影响力的工具……当我还在他们控制下的时候，绝对不能引起他们任何怀疑。我需要保持特别的谨慎。

举个例子。每天早上咖啡里的药，是我必须要摆脱掉的，这样我才能恢复清醒。这需要一定的计谋，但是好在监视也并不是每天都那么严密。只要有那么一点意愿，再处理好之后的事情，我是可以做到的。只有一点要注意，如果突然停止用药，我的状态肯定会崩溃。在四十八小时之内，我会表现得极度焦躁，这会让我彻底暴露。医生也会决定通过注射把那些让人头昏脑涨的药打进我体内，之后对我盯得更紧。

唯一合理的做法，就是逐步地减少药量。我发现在早上的"咖啡"中，最后的几口里药味最重。所以，我想到一些办法，把杯底的最后一点咖啡藏在嘴里，随后去卫生间的时候再把它吐进厕所。几个星期之后，我感觉好多了。保持了平静的同时，我觉得自己的思路更清楚了。在我读书，或是观察别人的时候，这种感觉很明显。这种感觉也很奇怪，就像是把我已经用得不灵敏的感官和一个全新的生命交换了一样，或者说获得了更多一种感官。

在意识恢复了之后，我发现的另外一件事，就是那些医护人员习惯当着病人的面发表一些评论。有些评论完全是医疗方面的，另外一些则带着挖苦和讽刺。他们说话都很快，还带着一些省略和缩写。这么说吧，当那该死的饮料在我身上发挥药效时，这一切就在我鼻子底下发生，但我一个字都听不明白。而现在，只要稍加努力，我就能懂了。我有时能听到他们给病人起的不太礼貌的外号，或是泄露了这个或那个病人不太乐观的病情，甚至还饶有兴致地打赌这人能活多久，但是我极力避免自己做出反应。

不，我脑子里并没有什么计划，真的没有！没有任何计划要越狱逃出去，没有，任何那种打算都没有。我只是努力地恢复理智，一点点找回我自己，这样当我女儿呼唤我的时候，我才能给她回应。

哦对了，还有一件事。我开始练习自己的记忆力。有一天，我正在读书，那段时间我读书越来越多了。那是一本很老的冒险小说，从波兰语翻译的，故事写得不错，我非常想知道下文是什么。我翻书的速度越来越快。突然，一抬头的时候，我发现一个监视者的眼睛里充满疑惑。我已经完全摆脱了习惯性的慢速度，我的动作变得生动、焦急、充满活力。这个女人发现了。她继续盯着我看，像是为了把情况反映给医生之前，最后再确认一下。所以我只好放慢速度，这样一来有些段落我就读了两遍。这时我决定，把那些句子完整地记在心里。我不知道这对我的"精神康复训练"有没有作用，但这确实让我对自己的能力重拾信心。

是的，是的，您理解的没错，这个人很有可能仅仅因为我按正常的速度看书，就向达瓦布揭发我！

在"新路之家"，重中之重的指导思想就是，这些病人全都是有很大破坏力的狂躁症患者，身上隐藏着暴力倾向。当他们被"减速"的时候，没有什么风险。但是任何一个突然的动作，任何一个狂躁的信号，都预示着他可能要发作。

所以我需要非常保持警惕，等着纳蒂亚，或是她给的一个信号。

我想，在我女儿那里，没有什么愿望比把我救出去更加强烈。

但是要通过什么样的方式？混到监狱里见上我一面是一回事，帮我越狱则完全是另一回事。

能够从头到尾把院长蒙在鼓里，顺利完成预定的任务，她非常骄傲。让她骄傲的还有奇迹般地亲手把信交到我手里，还有跟我说了话，跟我握了手，跟我拥抱。她跟我拥抱，就像人们拥抱一个陌生人那样，甚至更糟，就像赏给讨厌的人一个拥抱一样。但对我们两个人来说，这是第一次拥抱。现在我说到她就像是说起我的爱人一样啊！我第一次拥抱我女儿，二十年里唯一的一次！几个星期之后，我的心情仍然不能平静！就算是现在，我还清楚地记得这些情景。

请原谅我！我刚刚说到哪了？

哦是的，我说的是女儿的计划……所以我说她这次来访进展得太过顺利了。结果让她觉得任何鲁莽的行为都会成功的。接下来的几个星期里，她一定在制定计划，最鲁莽的计划……她计划把我劫走！她已经得出结论，只靠一点小计谋已经不够了，她必须想其他的办法。是的，劫走！我可怜的孩子，她的好心把她引入了歧途啊！

她又一次去见了贝特朗，希望能得到他的帮助。自从她回到法国之后，还没有去拜访过他，见面之后，她先跟他讲了讲闯进"新路之家"以及和我见面的情况。贝特朗听着她说话，一开始还是充满热情的，甚至还带着一些赞叹。他从我女儿的动作，以及她说话的语调中，看到了年轻时的自己，以及克拉拉，还有我。但是当她看到他的反应，觉得信心更足而告诉他新的计划时，他的脸色沉了下来。

"在此之前你所做的事，足以让你赢得尊重，"他对她说，"你可以对此感到骄傲，而我也是，作为你父母的老朋友，我也由衷地感到骄傲。但是注意！你跟我讲的关于你父亲的事，让我很伤心地想起了最后一次和他见面的情景。如果在这么重大的一件事上，我对你隐瞒了我的真实感受，那我就不算是你的朋友：你父亲真的衰退了，他表达自己的情感，只能通过一些深情的动作，或是通过眼泪，但除此之外他已经没办法做更多了。他跟你说了什么吗？"

"只有'谢谢'，但是他也不能说别的，院长一直盯着我们。重要的是他不能暴露自己啊！"

"这是你这个既忠实又充满骑士精神的年轻女孩脑子里想象的。事实，天哪，却完全不一样。我见过你父亲，我在他身边待了三个多小时，他知道他是有机会说话的，根本没有任何风险。他本可以对我说'带我一起走'，他立刻就可以离开，大使和我都会陪着他；他那个混蛋弟弟除了保持安静，什么也不能做。但是没有，奥斯亚尼什么都没说，一个字都没有。离开的时候，我没有别的办法，只能转身回到他面前，他当时也有时间告诉我他想要什么，那会儿只有我们两人。他还是什么都没说。他只是从口袋里拿出你的照片。这个动作很深情，很感人，但是很明显是一个心智衰退的人做的动作。

"当我看到你在面前，如此年轻，却二十年都没有见过父亲一面，我跟你讲了这一幕，我的眼泪都止不住地流，更何况你呢，你肯定比我感动一百倍。你很令人钦佩。你去看了他，拥抱了他，告诉他你没有忘了他。很好，我为你鼓掌，你不愧是两个出色战友的女儿。但是现在到了面对事实的时候了。这个男人心智衰退了，我再说一遍。这让人伤心，这彻彻底底的不公平，但这是事实。当我最后一次见他的时候，他已经不再是从前那个人了。只能通过眼泪或是拥抱来表达他的情感，别的什么都不会。他在疯人院的十六年很明显并没有让他恢复。

"我甚至都不愿意去想你这样匆匆忙忙要完成的这个计划究竟会带来什么样的危险。危险不能让你害怕，我也不怕，请相信这一点。但是我们假设就算劫狱行动完全按照你的预期，就算你成功把你父亲从这个诊所抢出来，不让他被抓住，被重新关进去，我甚至愿意假设一个月之后，他和我们一起在这里，就在这间房子，坐在这个沙发上……接下来会发生什么呢？你会慢慢看到他的状况，然后你也会迫不得已地把他重新关进类似的机构里。会有很多医疗的问题，精神的问题，生理的问题，仅仅靠一个女儿和一个朋友尽心尽力是远远不能解决的。你把他从一个机构里抢出来，他可能在那里还有自己的习惯，有自己的朋友，而你很快把他关进另一个机构里，那里的人可能对他不那么友好，那里的天空可能更加灰暗。"

我女儿心里咒骂着离开了贝特朗的家，并决定再次单独行动。不过她的决心已经动摇了，她刚刚听到的话将在她的脑子里扎下根来。

正当我费力地向上爬，紧紧抓住她的承诺，不放弃自己时，她——尽管没有明确承认，我想——已经放弃了。以我当时的处境，我是不可能知道这些的，我一直坚信有一天她会再次出现，我想先做好准备。

我活在对纳蒂亚的等待里。几年的时间，我每天晚上睡觉的时候都会问自己，明天是不是就能见到她，她会乔装成什么样子，谁会是她的同谋……

但是，我等待的未来，已经成了过去时。

不，我女儿再也没有来看过我。我不怪她，她为什么要回来呢？来救我？她已经救了我。她说的话就能把我治好。我已经在走上坡路了。我慢慢地从自己内心的深渊里向上爬。我在战斗！我要驱散眼前的迷雾，恢复清醒，重建记忆力，让我的欲望重生，哪怕有时难以满足它们。从此这是我的战斗，是我一个人的。

做这一切时，我需要倍加小心。我继续观察着我的难友们，模仿他们的行为，模仿他们的怪癖。因为，每过一天我都更明显地感觉到，人处在麻木的状态和清醒的状态时，没有任何东西，真的没有任何东西是一样的。因此，当我说话的时候，不仅仅是语速变了，不仅仅是声调变了，不仅仅是那些曾经拉长了句子、单词和音节的数不清的"呃"消失了，就连用的词都变了——当人们的欲望麻木时，表达它们的词汇也就被忘记了。所以，所有一切——语言，眼神，吃饭时做鬼脸还是不做鬼脸——有一千种微小的细节能让人区分出谁早上真的乖乖喝下了让人昏头的药，谁在装模做样。

尽管如此，我也从来没有想过要逃跑，还没到那一步。我刚刚恢复的能力太过珍贵了，我实在不想因为一时的急躁暴露自己。什么？藏在送货小货车的货箱里？翻墙出去，然后比守卫们跑得更快？不，这样我是不可能抓住自己的运气的。

离开，这是我每天都在想的事。远离这个疯人院，到一个别的地方，是的，我充满憧憬。但是，靠自己的肢体去跨越那些障碍，不行。我等着我女儿……

那她一直都没来啊，您说？您能从这个问题本身找到答案。只要她还没来，就一直有来的希望。当我们坚定等待的时候，时间越是流逝，我们就越确信等待的那一天更近了一步。一年已经过去了？没关系，我们会想，她很可能需要一年的时间来准备。两年过去了？她肯定马上就来了……

另外，在"新路之家"，时间流逝的方式也跟外面不太一样。没有人会像在监狱里那样，在墙上记下过去的天数。我们都在永恒中，一种每一天都一样的永恒，算日子又有什么用呢？

最后一夜

已经半夜十一点了，也可能是十一点半，我们两个都饿坏了，必须休息一会儿，所以奥斯亚尼和我下了楼，在一家夜里还开门的酒馆里喝了一份洋葱汤。

吃饭的时候，我们之间有一小段时间的沉默。他从里面的口袋掏出一本旧的记事本，本子是红色的皮质封面，很瘦长，被一条金色的书舌扣起来。

他递给我，让我翻翻看。

"这就是当时我脑子里想到的东西。在'新路之家'的最后那段日子里，我把它们写了下来。"

我浏览了里面的书页。大部分都是空白的，其他几页，则写着一连串没有标题没有韵脚没有标点的句子。经过他的允许，我从中抄了几句：

天堂的门在我身后关上我没有转身
在我脚上我脚的影子伸长在整条路上一直到墙
我走在自己的影子里从闭着的眼睛里血管就像安纳托利亚的路
我记得一座更美的房子用砂岩建的有看到海市蜃楼的窗玻璃
我的耳朵里听见的是城市的嘈杂巴比伦美妙的嘈杂

曾经曾经在沙漠的前哨在绿洲中有些人被吞没
曾经曾经天梯曾经焦虑的年代曾经未来

随后我们就回到了他旅馆的房间里。我们两个都已经精疲力尽，但是没有更多的时间了，还得最后加把劲。

"我这儿只有一小段故事了。"他说，像是为了让我安心。"我已经讲到了70年代。"

外面的世界正在发生一些事件，噪音都传到我们这儿了。我说的噪音，还包括武器的声音、爆炸声、连续的炮击声，还有救护车刺耳的警报声。

战争还没开始。只是一些警告性的炮击。还有一些暴力事件，声音越来越吵，间隔也越来越短。外面，人们可能明白正在发生什么；而我们，我们只能听到这些噪音。

但是这些噪音也影响到了我们。我跟您说起过一个外号叫"斯基内"的病人么？我想没有。所有的难友里，我记得到现在提过的应该只有罗博一个人。斯基内，他跟罗博完全相反。罗博是最讲究，最无害的那种人。有时候甚至让我觉得，他是任由别人把自己关起来的，因为他的家人坚持这样做，而他不想让他们不高兴。他觉得这个世界不属于他，或者他不属于这个世界，他生得过早，或者过晚，或者生的地方不对，或者本来就是个错误。简而言之，他在隐退的过程中没有任何吵闹，而他对生活的要求，除了能够时不时坐在钢琴前的凳子上之外，再无其他。

斯基内可完全不是同一回事。他，为了能够进入这家机构，可是经历了完全不同的"课程"，如果可以这么说的话：杀人。有一天，在发疯的状态下，他跑到大街上，拿着一把屠夫刀，居然一时间刺伤了十来个路人，其中一个女人伤重致死，然后才被人控制住。他的律师给他做了无罪辩护，律师的论点竟然占了上风。他先是在一个政府开设的机构里被关了几个月，之后他的家人成功地把他转到了达瓦布医生这个模范诊所里。我们有时候甚至能从他嘴唇的颤抖中感觉出杀人的欲望从他的脑子里闪过。但是，感谢镇定剂——我猜他们给他使用的量肯定比给我们的大得多——他的欲望才处在休眠状态。

之所以我现在提到他，是因为在那段时间，他开始有一些令人不安的表现。当然并不是暴力倾向，那样的话医生是知道如何治疗的，而是一种无声的欢喜。每次传进来一声枪响，斯基内就会露出一种很享受的表情，就好像他在外面的同伙给他发了一个什么加密信号，或者像是外面的世界在长时间对他不公正地对待之后，终于承认了他的价值。他很高大，一头浓密的红棕色头发，脖子粗，下颌突出。他的手也很有力，我们总是很惊恐地想象它们握着刀的样子。我不知道其他人看见他笑，是不是和我一样担心。不管怎样，医疗人员总是近距离盯着他，一旦发现有任何危机的初步迹象，就会立刻冲上去把他捆住。但是他并没有动，他只是在那儿笑。

战斗越来越激烈，离我们越来越近，斯基内进入了一种持续的着迷状态。其他人，不管是病人还是护理人员，每天都担惊受怕地活着，生怕有一天"新路之家"有士兵攻打进来。这个建筑建得就像一座城堡，墙壁坚固并且高大，在屋顶上还有好几个观察哨。邻近的两支武装肯定都想把这里当成堡垒，甚至当成他们的司令部。或者一些武装土匪只想着来这个地方抢劫一番——这个有钱疯子们的据点不应该藏着至少能装一整箱的宝藏，还有能换钱的物件么？

为了避免危险，达瓦布要给那些小头目交一些"保护费"。

我想我之前说过，"新路之家"的病人们对"外面"的世界，以及"外面"的人，并没有什么好印象。最近刚刚发生的事，更加强了人们的这种看法。只有斯基内一个人显得洋洋得意，我们当中的很多人却带着看穿一切的表情摇摇头，就像是在说："我早就知道结果会是这样！"

在病人当中，只有我一个人充满惊恐，因为一个其他人不可能猜到的原因。当然除了罗博，对他，我毫无保留，而他也极力地劝我放宽心。我担心纳蒂亚听说这里发生的事之后，因为担心我的生命安全，会回来试图把我救出去。不，我再也不希望她来了，我再也不希望她冒这样的风险。在局势平静下来之前不要有任何行动。

今天我知道，她已经不再可能完成这样的冒险了。她那时刚刚认识一个年轻的男人，不久后就结了婚。随后她和他一起去巴西生活。在我最担心她会做出这样疯狂举动的时候，她正在怀孕，在大西洋的另一侧。几天之前我刚刚知道，她决定给她的孩子取名叫巴库，不论是男孩还是女孩。她打算用这种方式，永远保留对我的记忆。其他的，入侵计划，荒诞的解救，再也不可能了。

这很幸运，因为在诊所周围，局势不断恶化。军队交火的声音越来越嘈杂，我们再也不能像从前那样睡觉、吃饭、看书或是玩牌，我们的耳朵都贴在窗户边上，每一次的炮弹发射都会引起我们一阵尖叫，让我们心惊胆战。

然后，有一天，达瓦布消失了。在一次短暂停火的时候，有人看到他钻进他的汽车里，就那么走了。我猜他通知了他的员工们，因为当天晚上，所有工作人员也都消失了。但是对我们，对病人们，他们决定什么都不说。不，一个字都没有。他们肯定觉得把我们运走太不可行，而告诉我们事实真相引发的后果又太不可预料，所以他们就留下我们自生自灭。

　　等我们反应过来的时候，已经到了夜里，交火又开始了。诊所之所以还没有被攻打，那只是因为它正好位于两支敌对武装之间的无人地带。如果他们双方的交火继续激烈下去的话，肯定任何一方都想要赶在对方之前占领这里。接下来的几天注定是非常可怕的。可怕的还有即将到来的、不再喝那些阴险的饮料的白天。阴险，但是天哪，却又必不可少。我不敢想象，当病人们突然没了镇定剂，一个接一个地发疯之后，将会发生什么。

那天晚上，我这一辈子都会记得。我们当时在二层的一个带廊柱的阳台上。通常那是医护人员才能去的地方，但是我走过去坐在那里，罗博陪着我，其他人拖着他们的椅子，也排着队跟在我们后面。

我们完全置身于黑暗中，在我们的头顶上空，曳光弹不断飞过，黄色，随后是红色，随后又是黄色，随后是绿色，我们的眼睛一直追着它们看。不时还有一些照明弹，闪光接着爆炸。我再也没办法把目光从斯基内那沉醉的表情上移开，心里想着明天没有药吃，他将会变成怎样一个怪兽。

我们整夜都坐在自己的椅子上。惯常情况下，会有人来带我们去吃晚饭，之后我们会聊一会儿天，然后有人送我们回各自的房间，熄灯。因为再也没有人告诉我们要做什么，我们就什么都没做。我们就待在那儿。我们可以永远坐在那儿，不吃饭，不睡觉，不动。

然后太阳从山的后面升了起来。闪光随着阳光的出现变得模糊，噪音也少了。短短几分钟内，特别平静。景色真是太壮观了！我们能看到丘陵、村庄、远处的城市、海岸和大海。清晨的海面有一点淡蓝，还有点微白。到处肯定都有炸毁的房子，街道上有尸体，路障上插着脏兮兮的旗子……仅凭肉眼我们是看不到这些的。我们眼前只有平静广阔的天地：蓝色、绿色，还有啾啾的鸟叫声。

突然间，一阵连续的爆炸声响起，之后又是一阵，还有一阵，一切很快就要恢复原样了。我站起身来大声地说："我要离开了。"没有人回应。斯基内脸上的笑容看上去更加明显了。我转向罗博，用眼神询问他。于是他也站了起来，但只是为了拍拍我的肩膀。"好运！"他说完就转过身去，离开了。等了一会儿，他的钢琴开始演奏华沙协奏曲。轰炸越来越密集，却没能盖过音乐声，而是成了音乐的伴奏。

我回到自己的房间，收拾了一些东西。没有箱子也没有包裹，只有几件能放进口袋的东西：几张纸、一点钱、我的笔记本、药物，没别的了。我离开了。

步行，是的。我跨出了大门，然后走上公路，朝着首都的方向一直向前。得有十五公里路。正常情况下，没有人会打算走路去的。但是那天早上，没有什么是正常的。我不正常，路不正常，人们不正常，环境也不正常。我朝前走着，保持着我的速度，既不着急，但是也从来没有停下来过。什么都听不见，什么都看不见。我向前走，眼睛只看着自己的鞋尖和路上的石子，独自一人。没有行人，当然，也没有车。甚至在居民点，人们也都藏了起来，或是还在睡觉。

我路过了家里的房子，或者说仅存的废墟。我进去，转了一圈，然后又离开了。

"等一等!"

（括号里的这段文字，我犹豫了很久才决定写下来。我曾经决定让我的主角单独留在舞台上，同台的只有他提到的人。但是看上去如果我对下面的这个事实始终保持沉默的话，我也没有完成好自己的任务：周四我们的会面一开始，当奥斯亚尼第一次说出他弟弟名字的时候，我就跳了起来。我记得不久之前在报道里看到，在一次交火中，一个曾在50年代短暂地当过一段时间部长，名叫萨利姆·凯塔达尔的商人，被发现死在了自家房子的废墟里，而他的房子就位于贝鲁特附近一座被反复争夺的山头上。

有好几次我都差点把这件事告诉我的谈话者，但每一次我都忍住了，因为我觉得这件事由他自己说出来更好，按照他故事的顺序，而不是逼着他提前讲出来。我很好奇，他会在什么时刻，用什么样的词句提起他家房子，以及他令人讨厌的弟弟的命运，还有他家房子和他弟弟的同时消失与他离开自己的国家有没有什么联系。

故事里的这一段，他可能是想晚一点再说。我一直都在等。但是他回家的事竟然被他这样匆匆地一带而过，太匆忙了。而且他已经打算继续往下讲了。我必须打断他。

"等一等!"

我感觉特别不好，比跟他在一起这三天还是四天里任何一个时间都更加不好。我不打算急于求成，也不愿意改变他的节奏，我希望他的话就像一条河流，在自己的河道里流淌，大概就是这样。然而，我也不能无限期地容忍他的沉默，时间毕竟不多了。

所以我问他：

"您家的房子，当时看上去是什么样子？"

"就剩废墟了。墙没有倒，但是已经被火烧黑，还有好多弹孔……"

"您没在那儿待上很长时间？"

"没有。我转了一圈，收集了一些钥匙，然后离开了。"

"什么钥匙？"

"所有钥匙。您看！"

他从箱子里拿出一个旧的学生书包，把里面的东西全都倒在了床上。里面看上去有五十多把——我说五十多把？可能得有上百把，两百把钥匙被他倒在床上，有些是串在一起的，有些是单独的，有些看上去很华丽，很古老，是铸成的，或者像是雕刻的……他收集了橱柜、箱子、抽屉、屋门、大门，所有的钥匙。他还把那些长久放在白铁盒子里，早已生锈的钥匙也收来了。说实话，我并不觉得把这些都收起来，然后带在身上旅行是必要的。对他来说，把这些都"保护"起来的重要性不容置疑，我觉得还是不要让他不高兴为好。

但是在我的脑子里，还是有很多问题堆在那里没办法解答：为什么他不跟我谈一谈他的弟弟？他是看到他已经死了，浑身血污，还是垂死状态——这个画面太让人难以承受，以至于他极力想让自己忘记？他还不知道他弟弟到底怎么样了？或者，有没有可能……事情看上去很反常，考虑到我所讲述的故事要确保真实，我必须搞清楚脑子里的疑问：会不会此刻在我面前的这个人，在他短暂进入已成为废墟的家里的时候，亲手杀了自己的弟弟？

我更加认真地盯着他，一点也不胆怯。我看着他清澈的双眼，悠闲的双手，像一个老小孩的脑袋，平静又光滑的嘴唇。他看上去一点都不像一个痛苦的人，更不像一个能冷血杀戮的人。我根本没必要审视他，我看到的只有纯洁和正直。一点可疑之处都没有，除非在特别必要的时候，他的脸上才会有细微的颤抖，代表着他心底巨大的震动。另外，在他的目光中可能时不时地出现过几次躲闪，而我没有注意到。这一切都可以由他长期经受的苦难充分解释。

不，我当然也不会怀疑是亚伯杀了该隐！我立刻把这些阴暗的念头从脑子里抹去了。我相信他一直都不知道在他弟弟身上发生了什么，没有人有机会告诉他，他可能也根本没有看报纸。

我告诉自己：别再谈这个了！我希望他没有看出我的困惑，如果带着这种可耻的印象离开他，我会恨自己的。

但是，为了不让自己的良心不安，我问了最后一个问题：

"当时在房子里没有任何人？"

"没有。我就继续上路了。"）

到达首都附近的时候，周围没有任何人了。我来到一个吵闹但是和平的郊区——至少那一天是和平的。一辆出租车同意带我去法国使馆。在那里我说出了贝特朗的名字。芝麻开门，大门打开了，机器发出嘎吱嘎吱的响声。第二天，我就到了巴黎。我很幸运。我朋友正打算去日本待三个星期，为了见我，他把旅行推迟了四十八小时。

我们见面了。他看上去有点惭愧，我必须这么说。他很惭愧认为我完全迷失了自己，尤其是把这个想法写信告诉了很多人，甚至是克拉拉。但是我又怎么能责怪他呢？当时的一切都证明我无可救药。而且不管怎样，我都不想再责怪任何人。

我和贝特朗一起待了很久。我们聊天，就像从前一样。他是夜里的航班，我们尽量把这几个小时充分利用好。有太多的事要回忆了。他跟我讲起了纳蒂亚，她的计划，他们的谈话，她的婚姻，她的孩子……

随后他想说一说克拉拉。我打断了他。我不想知道，我不在的时候，她的生活是什么样子。我想，在二十八年的时间里，她所做的肯定不仅仅是等待和唉声叹气。我也不想听到那些详细的解释，那些姓氏、日期、名字……我们有一天相爱了，我们分开了，而那并不是我们的错。我已经没有时间再往回看了。

我只是请求贝特朗给我妻子的地址。我给她写了信，我用了一整天的时间给她写了信。我告诉她我经历的所有事，我亲身经历的。我是如何倒下的，以及，在纳蒂亚的帮助下，我又是如何重新站起来的。

之后我跟她约定了见面的时间。

不，她没有给我回信，我并没有给她留一个能回信的地址。

我可以给她打电话，真的。但是在电话上我可能会太激动，因为我实在不习惯。想一想他们告诉她的关于我的精神状态，她肯定会误解我的感情流露。

我也不希望她那么快就回复我。听她亲口回答我，我不知道自己能不能接受，不管回答是好的，还是坏的。

所以我只跟她定了约会。越快越好，但是也给她留足够的时间让她赶过来……如果她决定要来的话。

我于是在想，应该选哪一天，在什么地方。然后方案立刻就出现了，就像是必然的一样——很简单，重复我们的上一次约会。6月20日，中午，钟塔河堤，在两座小塔中间。

是的，6月20日，就是明天。

上一次的约会她来了，这一次她为什么就不能来呢？您不相信？

周日

我们在清晨的时候分开了。握了握手，很热情，很感激，两个人都是，但是并没有再见面的打算。他也没有问这个我一直在思考的问题：我打算把这六本匆忙记下的笔记做什么用？我肯定会回答我也不知道——我怎么可能想到，他的故事将在一件衬衣里沉睡十年？但是他什么都没问。我想，他已经习惯把人生倾注在自己前进的路上，却从来不会停下来看一看。

他会不会注意到，我最后看他的眼神里充满了担心？他会不会怀疑我在谋划什么？我想他的注意力完全在接下来的约会上，不会再分给我任何多余的一点儿。我只是在日子显得特别漫长的时候，出现在他的面前。我占据了他空虚的时间，可能也满足了他内心深处想把自己的一生写在纸上的隐秘愿望。现在，他希望我能把时间留给他。我离开了他的宾馆。

我要做的事，既不让我感到骄傲，也不让我感到羞愧。我必须做，就是这样。中午前几分钟，我去了他约会的地方。不是钟塔河堤，但是就在对面，在塞纳河的另一侧，我坐在了一家咖啡馆的二楼。我还能怎么做？这是我之前几天经历的、无法阻止的，也是唯一的出路。我非常想知道这个女人是不是存在，她会是什么样子，她会不会来赴约，以及他们二十八年之后再次见面的情景。

我刚才说我既不骄傲，也不羞愧？好吧，至少有一件事我还是有点惭愧的：我带着一架望远镜。这是必须的。我不知道导游们在这里介绍塞纳河的时候，会说河的宽度是多少米，但是我经常在附近散步，知道从河的一侧想看清楚另一侧并不容易。想从一百步之外认出一个人，如果我们知道他就在那里，如果我们熟悉他的身影，他白色的脑袋，他歪向一边的脖子，那还可以做到。但是想看到他的表情，他焦急的双眼，他不停转动的拳头，看到他手中拿着的那束像是迟开的铃兰……

我的表已经中午了，我还是有一些焦虑的。如果她来了，那就是新生活的开始。很多年过去了，但是时间不过是一个幻象而已。过去，几个小时，几天，几个星期，几十年，上面落的灰尘并没有什么分别；将来，一直到永远，则是一秒一秒过的。如果克拉拉来了，那他们的故事尽管遇到一时的障碍，还是会继续下去。

但是如果她不来呢？正是这种可能性让我焦虑。奥斯亚尼活着，就是为了这次约会，他到底有没有想过，如果在约定的时间，她没有来的话，他会怎么做？

我开始怀疑他选择这里作为约会地点的真正原因。这个斜坡，这么近的桥，这条几个世纪见证了无数次失望的河。

我的表已经到了 12 点 03 分。每次我拿起望远镜看河对岸的时候，邻桌的小情侣就小声说一些让人反感的话。我不知道他们在想什么。我所做的跟他们没关系，但是他们确实让我很不舒服。另一边，他也显得有些焦躁，至少这是我从远处观察时感觉到的。他在那儿原地转了两圈还是三圈，又弯腰伏在河面上，一条小艇正从那儿经过。一些游客在桥上做着手势，可能是冲着他的。他没有回答，然后转过身。我再也看不到他的脸，看上去他的肩膀都沉了下去。

我把咖啡钱放在桌上，然后离开了。我走得非常快。可能看到我出现他不会高兴，可能他会不再彬彬有礼，而是告诉我不要再搅进他的生活。这挡不住我，我就在这座城市，并且是他目前唯一的朋友，或者至少是唯一不会对他的命运漠不关心的人。

走上兑换桥之后，我望了他一眼，他还在那里没有动，然后我望了一眼自己的手表。12点09分。我加快了脚步。

走到桥中间的时候，我停了下来。我屏住呼吸。一个女人站在他面前。消瘦，灰头发，一条朴素的长裙，但是脸上带着笑容，眼睛已经闭上。他一直低着头，后背靠在栏杆上，没有看到她。她走近了一些。我想她小声说了几句话，因为奥斯亚尼抬起了头，他的两只胳膊也抬起来，很慢，就像一只已经很久不飞的小鸟抬起自己的翅膀。

现在他们抱在一起了，紧紧地贴在一起。他们同时摇着头，动作很一致，就像是在嘲笑把他们分开的命运。

他们疯狂地抱着。我想他们肯定还什么都没说，而且他们在哭。我觉得自己的嘴唇也在颤抖。

随后他们分开了，但是并没有放手。他们的四只手还缠在一起，但是他们脸上没有笑容了。克拉拉好像一直在解释什么，奥斯亚尼听着，身体向前略微倾斜，嘴半张着。她会说什么？可能是在讲那段没有他的过去；可能是在讲未来，他们共同的未来；但是她也有可能在跟他解释，考虑到种种因素，为什么他们的爱情还是不可能。

他们会手牵着手一起离开，还是各奔东西？我多想等着看看啊，我多想知道啊。但不，这已经够了，我该离开了。

很多路过的情侣停下脚步，看着他们，很疑惑，但是很感动。我不能那样看着他们，我不是个路人。

阿敏·马卢夫的其他作品

《撒马尔罕》

爱与抉择，宗教冲突与权力斗争，
他们会选择怎样的道路？

《非洲人莱昂的旅程》

一部阿拉伯世界政治宗教变动的史诗，
一部商路之旅的传奇历程，
一部个人用生命书写的时代诗篇！

《阿拉伯人眼中的十字军东征》

了解中东问题根源，
阿拉伯世界的情形和阿拉伯人的感受，
从另一个角度看十字军东征。

作者简介

阿敏·马卢夫（Amin Maalouf）

　　黎巴嫩裔法国著名小说家、散文家、历史学家，法兰西学院院士。1949 年 2 月 25 日生于黎巴嫩贝鲁特，1976 年移居法国。他曾周游世界六十余国，亲历了越南战争、伊朗革命等重大历史事件，被公认为阿拉伯及中东世界专家。

　　这样一位原籍黎巴嫩的阿拉伯作家，他本人又出生于基督教家庭，父母都是基督教徒，少年时代就读于贝鲁特的耶稣会学校。20世纪 70 年代中期，在亲眼目睹了黎巴嫩内战之后，为了摆脱政治动乱与同胞相残的苦痛，他选择移居法国。独特的文化背景使阿敏·马卢夫对阿拉伯人深怀手足之情，对基督教又没有根深蒂固的偏见，因此，他的书多年来无论是在穆斯林世界，还是在西方读者群中，都经久不衰，新版本不断出现，并且被翻译成二十七种语言。他被誉为国际文坛中代表阿拉伯文化的主流声音。

© 民主与建设出版社，2018

图书在版编目 (CIP) 数据

地中海东岸诸港 /（法）阿敏·马卢夫著；牛振宇译. -- 北京：民主与建设出版社，2018. 9
ISBN 978-7-5139-2298-2

Ⅰ.①地…　Ⅱ.①阿…②牛…　Ⅲ.①长篇历史小说 - 法国 - 现代　Ⅳ.① I565.45

中国版本图书馆 CIP 数据核字（2018）第 212522 号

Title: Les Echelles du Levant
Author: Amin Maalouf
Copyright © 1996 by Editions Grasset & Fasquelle.
Chinese language edition arranged through Divas International, Paris
Translation copyright © 2018 by Beijing Red Dot Wisdom Cultural Development Co., Ltd.
All rights reserved

版权登记号：01-2018-6790

地中海东岸诸港
DIZHONGHAI DONGAN ZHUGANG

出　版　人	李声笑
著　　　者	（法）阿敏·马卢夫
译　　　者	牛振宇
特 约 编 辑	黄　簧
责 任 编 辑	王　颂
封 面 设 计	隋　军
出 版 发 行	民主与建设出版社有限责任公司
电　　　话	（010）59417747 59419778
社　　　址	北京市海淀区西三环中路 10 号望海楼 E 座 7 层
邮　　　编	100142
印　　　刷	北京盛通印刷股份有限公司
版　　　次	2018 年 12 月第 1 版
印　　　次	2018 年 12 月第 1 次印刷
开　　　本	889 mm × 1087 mm 1/32
印　　　张	7
字　　　数	150 千字
书　　　号	ISBN 978-7-5139-2298-2
定　　　价	68.00 元

注：如有印、装质量问题，请与出版社联系。